TERRITÓRIO DA EMOÇÃO

A marca FSC® é a garantia de que a madeira utilizada na fabricação do papel deste livro provém de florestas que foram gerenciadas de maneira ambientalmente correta, socialmente justa e economicamente viável, além de outras fontes de origem controlada.

MOACYR SCLIAR

Território da emoção
Crônicas de medicina e saúde

Organização e prefácio
Regina Zilberman

Copyright © 2013 by herdeiros de Moacyr Scliar
Copyright da organização e do prefácio © 2013 by Regina Zilberman

*Grafia atualizada segundo o Acordo Ortográfico da Língua
Portuguesa de 1990, que entrou em vigor no Brasil em 2009.*

Capa
Angelo Allevato Bottino
sobre imagem de Gary Waters/ Getty Images

Pesquisa
Lucia Maria Goulart Jahn

Preparação
Leny Cordeiro

Revisão
Adriana Cristina Bairrada
Marise Leal

Dados Internacionais de Catalogação na Publicação (CIP)
(Câmara Brasileira do Livro, SP, Brasil)

Scliar, Moacyr, 1937-2011.
    Território da emoção : crônicas de medicina e saúde /
Moacyr Scliar ; organização e prefácio Regina Zilberman. — 1ª
ed. — São Paulo : Companhia das Letras, 2013.

    ISBN 978-85-359-2238-7

    1. Crônicas brasileiras 2. Medicina 3. Saúde I. Zilberman,
Regina. II. Título.

13-01485   CDD-869.93

Índice para catálogo sistemático:
1. Crônicas : Literatura brasileira 869.93

[2013]
Todos os direitos desta edição reservados à
EDITORA SCHWARCZ S.A.
Rua Bandeira Paulista, 702, cj. 32
04532-002 — São Paulo — SP
Telefone: (11) 3707-3500
Fax: (11) 3707-3501
www.companhiadasletras.com.br
www.blogdacompanhia.com.br

Sumário

Leitura prazerosa sobre a saúde – Regina Zilberman, 9

I. LITERATURA E MEDICINA

Literatura e medicina: doze obras inesquecíveis, 23
Um anêmico famoso, 25
Literatura como tratamento, 28
A doença de Machado de Assis, 31
Medicina e ficção, 33
Literatura & medicina, 35

II. HISTÓRIAS DE MÉDICOS

Médico desempregado, 39
O ferrão da morte, 41
O dilema dos analistas, 44
Urgência: a visão do paciente e
a visão do médico, 47
Os dez mais da medicina brasileira, 50

Em busca do esqueleto, 52
Medicina e arte: a visão satírica, 55
Batalha final, 58
Medicina e racismo, 61
Piedosas mentiras, 63
A mulher e sua saúde, 66
Brigando contra a vacina, 69
Médicos ou monstros?, 72
Doação, 75
Biologia e preconceito: o caso da síndrome de Down, 78
Médicos nas barricadas, 81
Pequenas ressurreições, 84
Queixas de médicos, 86

III. MEMÓRIAS DE UM MÉDICO

No limiar da existência, 91
Há algum médico a bordo?, 93
A emoção da emergência, 95
Histórias de médico em formação, 97
Ciência e ficção, 100
Depois do trauma, 102
Último suspiro, 104
O menino triste. Triste ou deprimido?, 106
Fumo: o paciente que curou seu médico, 109
Aprendendo a conviver com a morte, 111

IV. NOSSO CORPO

Esta porta do mundo, o olho, 117
O sangue como metáfora, 120
A gordura fora do lugar, 123

Nossa amiga, a dor, 125
Nosso humilde suporte, 127
A postura do corpo, a postura na vida, 129
Exercício: cuidado com o excesso, 131
A rigidez das artérias, a rigidez da vida, 134
Os mistérios da memória, 136
A maratona e a vida, 139
A trompa como símbolo, 142
Nem sempre o psiquismo é o mais importante, 145
O elogio dos canhotos, 148
Lembrem-se dos pés, 150
O sono que merecemos, 153
Humores e hormônios, 155

V. OS MALES QUE NOS AFLIGEM

Ninhos vazios, 159
Em defesa dos fumantes, 161
Doce melancolia, 164
O que, mesmo, é doença?, 167
Histórias de camisinhas, 169
A estrada e o pânico, 172
O medo alavancado pela imaginação, 175
Os gordinhos em foco, 178
Os usos do esquecimento, 181
Sem medo de ser infeliz, 183
Entendendo a melancolia, 185
Vírus e janelas, 188
Trabalho e saúde, 191
Uma palavra que marcou o nosso mundo, 194
Células e coringas, 197
Indesejável efeito colateral, 199

Anorexia: a história se repete, 202

A cultura do remédio, 205

O TOC e suas incógnitas, 207

No aniversário da cortisona, 209

VI. COMPORTAMENTOS

O elogio da preguiça, 213

A doença e seu nome, 216

A vida bem temperada, 219

Os andarilhos da saúde, 222

Ruim com ele? Talvez. Mas pior sem ele, 225

A lógica dos alimentos, 228

O que abunda não prejudica? Depende, 231

Grotesco e perigoso, 234

Antibiótico não cura ansiedade, 237

Drogas: a controvérsia, 240

A controvérsia do planejamento familiar, 243

Em nome da vida, 246

Sexo furtivo, 248

O alongamento como metáfora, 251

O que acontece com as promessas do Ano-Novo?, 253

Afinal, é bom ou não é?, 255

Pílula do dia seguinte, 258

Alzheimer e estilo de vida, 261

Maratona e resiliência, 264

Lidando com a agressão entre jovens, 266

Estimulando a doação, 268

Remédio não é mágica, 270

Dá para proibir as bebidas energéticas?, 272

Um problema que deve ser enfrentado, 274

Leitura prazerosa sobre a saúde

Quando optou pela medicina em 1955, Moacyr Scliar já tinha redigido alguns contos, e até sido premiado por um deles, episódio de sua juventude que gostava de relatar a seus leitores e ouvintes. Contudo, as duas carreiras — a de médico e a de escritor — foram inauguradas ao mesmo tempo: em 1962, ano em que concluiu a faculdade e publicou as *Histórias de médico em formação*, cujo conteúdo é fornecido sobretudo por suas experiências na sala de aula, em ambulatórios e hospitais públicos.

Não é ainda nessa fase que começa a elaborar textos sobre sua atividade profissional. Pelo contrário, as obras subsequentes, como os contos de *O carnaval dos animais*, de 1968, e o romance *A guerra no Bom Fim*, de 1972, registram acontecimentos nos quais predominam a imaginação e o fantástico, mesmo quando se mesclam a fatos importados da memória da infância, transcorridos em Porto Alegre.

Não que o escritor tivesse se afastado muito da área da saúde: Joel, de *A guerra no Bom Fim*, é dentista. Mas é em *Doutor Miragem*, de 1978, que Scliar volta a sintonizar literatura e medicina, título da crônica que abre esta seleção, retomando ao mesmo tempo um filão temático de que era admirador, o da ficção que confere protagonismo ao "doutor", como em *Olhai os lírios do campo*, de Erico Verissimo, ou *A peste*, de Albert Camus.

Quase dez anos se passaram sem que Moacyr Scliar voltasse a aproximar as duas facetas de sua vida profissional e intelectual. Em compensação, em 1987 apareceram dois ensaios vinculados às questões que o preocupavam no âmbito de suas atividades como médico: em *Do mágico ao social*, ele recupera, conforme explicita o subtítulo do livro, "a trajetória da saúde pública"; em *Cenas médicas*, apresenta a história da medicina, bem como a contribuição de cientistas para o conhecimento do corpo humano, seus males e possibilidades de cura.

Sonhos tropicais, romance de 1992 em que Oswaldo Cruz desempenha papel central, *A paixão transformada*, de 1996, em que volta a abordar, de modo ensaístico, a história da medicina conforme a literatura a traduz, e *A majestade do Xingu*, de 1997, dedicado à trajetória do médico e indigenista Noel Nutels, evidenciam que Moacyr Scliar se mostra agora muito à vontade para transitar das ciências da saúde à literatura e vice-versa. Complementa a produção da década a defesa, em 1999, da tese de doutorado *Da Bíblia à psicanálise: Saúde, doença e medicina na cultura judaica*.

É também nessa década que se inicia a contribuição semanal do escritor ao Caderno Vida, suplemento do jornal *Zero Hora*, de Porto Alegre, dedicado à medicina e à saúde.

A essa altura, Scliar não tinha acumulado experiência unicamente no campo literário. Às suas vivências de estudante de medicina, relatadas em *Histórias de médico em formação*, somaram-se os plantões em hospitais e prontos-socorros, o atendimento clínico, a docência na então Faculdade Católica de Medicina, atualmente Universidade Federal de Ciências da Saúde de Porto Alegre, a atuação na Secretaria Estadual da Saúde. A essas atividades, acrescente-se o empenho intelectual na busca de aperfeiçoamento, de que são exemplos o estágio realizado em Israel, em 1970, a participação em eventos científicos e a pesquisa em nível de pós-graduação de que resultou a tese de doutorado. Ao assumir a permanente titularidade da coluna A Cena Médica, Moacyr Scliar não é mais o novato das *Histórias de médico em formação*, e sim o profundo conhecedor da matéria sobre a qual se pronuncia para um público interessado e já admirador do escritor nacional e internacionalmente premiado.

Por sua vez, o escritor elege a crônica como instrumento de diálogo com o leitor. A opção poderia parecer natural, porque Scliar era então um cronista maduro e prestigiado. Mas ele poderia ter preferido a reportagem, o ensaio, o artigo científico, alternativas viáveis no leque aberto, de uma parte, a um jornalista, já que havia algum tempo participava ativamente de um periódico diário, ou a um cientista, posição também aplicável a ele, professor de uma instituição de ensino superior.

A crônica aparece, pois, como resultado de uma decisão consciente e deliberada, não apenas porque o escritor era um mestre do gênero, mas provavelmente porque ele sabia que se tratava da maneira mais amável para se dirigir ao leitor, a que este aceitaria de forma amistosa. A eleição da crônica representa, para Scliar, pois, o modo como, na condição de médico, pode se comunicar mais eficazmente com o leitor, leigo, mas que, mesmo diante de temas técnicos e especializados, aprecia ser abordado de igual para igual.

Dito de outra maneira, as crônicas médicas mimetizam, por escrito, a relação médico-paciente. Esta, seguidamente, é mediada pela oralidade, mas, no âmbito do impresso, cabia escolher outro caminho, e é essa a decisão tomada pelo autor. Assim, ele tem condições de estender-se sobre questões espinhosas ou problemas do cotidiano, matérias polêmicas ou novidades científicas, de modo aparentemente leve, porque fácil de entender, sem comprometer o rigor e a exatidão com que as informações são transmitidas.

À validade do teor científico é preciso adicionar a qualidade literária das crônicas. Nas cenas médicas originais, Scliar pratica o mesmo cuidado formal encontrável em suas narrativas e em seus ensaios. Ao facilitar a compreensão dos problemas de saúde, as possibilidades de cura, as atitudes a tomar diante de temas em voga, ele não banaliza a linguagem nem incide em vulgaridade, valendo-se da propriedade que constitui uma das marcas mais notáveis de sua prosa: a simplicidade.

Exercitar a simplicidade, por sua vez, pode não parecer difícil. Porém, por paradoxal que pareça, requer grande esforço, supondo redigir as frases em ordem direta, evitar períodos longos, escapar à tentação do ornamento, encarnado em adjetivos e advérbios inúteis, empregar, sem abuso, palavras técnicas, explicando seu significado, furtando-se ao pedantismo e à pretensão de mostrar conhecimento superior ao do público. Scliar vence esses desafios, fazendo com que suas crônicas médicas, tais como os demais escritos que produziu, se apresentem na melhor forma literária possível.

As crônicas selecionadas cobrem um arco de tempo que se estende de 1995 a 2011. "Humores e hormônios" foi o último texto escrito para a coluna A Cena Médica, tendo sido publicado postumamente. Entre a primeira e a última, cerca de setecentos textos foram redigidos, dos quais 94 aparecem neste livro, subdivididos em seis grupos, consoante sua matéria. No interior de cada um dos grupos, as crônicas se alinham em ordem cronológica, considerando o período de dezesseis anos durante os quais Scliar participou do Caderno Vida, de Zero Hora, de Porto Alegre.

O primeiro grupo reúne crônicas que fazem a ponte entre literatura e medicina, cartografando o que poderia ser definido como o "território da emoção" concebido pelo autor. Nesse mundo, clínicos se tornam personagens, como o famoso dr. Watson, parceiro de detecção do Sherlock Holmes, de Arthur Conan Doyle, personagens que, de certo modo, se fundem no protagonista da série de televisão *House*, misto de médico e de investigador focado em problemas de saúde. Se o exercício da medicina pode fomentar a criação literária, como revelam as doze obras inesquecíveis elencadas pelo cronista, escritores, como Machado de Assis, podem padecer de enfermidades crônicas. Doenças podem ser individuais, como a que Tolstói representa em *A morte de Ivan Ilitch*, ou sociais, como as mazelas corporificadas no Jeca Tatu, de Monteiro Lobato. A abordagem do tema leva a uma inevitável pergunta: a literatura pode ser terapêutica? A resposta é, como seria de esperar, cautelosa: escrever e ler são ações benéficas para quem as pratica, o que não significa necessariamente que a literatura exerça papel redentor ou seja capaz de realizar curas milagrosas.

Da medicina para os médicos, e chegamos ao segundo grupo de crônicas. Entre as preocupações mais candentes do escritor, consta a reflexão sobre a ética médica. Como praticar a medicina no contexto de regimes totalitários? Eis a questão que emergiu no regime nazista, prolongou-se durante a vigência do stalinismo, na União Soviética, e afetou brasileiros à época da ditadura militar. No primeiro caso, médicos atuantes em campos de concentração foram autorizados a conduzir todo e qualquer tipo de experiência científica, sobretudo as mais bárbaras, usando como cobaias os homens, mulheres e crianças aprisionados, a maioria por razões étnicas. Nos outros dois casos, terapeutas colaboraram para que dissidentes fossem alijados da sociedade, pretextando a insanidade mental deles; ou então assinaram atestados de óbito em que testemunhavam a "normalidade" da morte de vítimas da tortura policial. Denunciados, como julgá-los? Scliar toma o partido da condenação desses profissionais, já que contrariariam os princípios que regem o exercício da medicina.

O outro lado da ação médica está igualmente presente nas crônicas, quando o escritor apresenta exemplos positivos que extravasam o campo clínico e repercutem na ética. É o que ocorre quando doutores se inoculam com os vírus de doenças que pesquisam; quando combatem os prejuízos do racismo; quando doam seus órgãos a pacientes terminais; ou quando optam pela militância política em nome de melhores condições de trabalho.

Neste grupo de crônicas, entende-se como Moacyr Scliar compreende a ação de seus confrades. Há os que acabaram sem trabalho por terem de emigrar, foram celebrizados por pintores famosos, lutaram por seus ideais, mesmo que, como Oswaldo Cruz, à revelia da população carioca, e, sobretudo, destacaram-se na saúde pública brasileira, identificados como "os dez mais" pelo escritor. Ele ainda enumera as ansiedades dos doentes, com as quais os clínicos, rotineiramente, têm de lidar: a urgência, conceito bastante relativo segundo o cronista; as fantasias; os limites no exercício da terapia, já que não há curas milagrosas nem tratamento eficiente sem a colaboração dos pacientes. Mas, se alguns problemas persistem (até a falta de esqueletos para as aulas de anatomia podem trazer dificuldades na aprendizagem do ofício), avanços são perceptíveis quando preconceitos são superados: contra os portadores da síndrome de Down; ou contra as mulheres, quando, pioneiras, optaram pela carreira médica.

Dos médicos em geral para um médico em particular: em "Memórias de um médico", recuperam-se narrativas que dão conta de acontecimentos experimentados pessoalmente pelo dr.

Scliar. Episódios pitorescos, vividos também por colegas de profissão, aparecem, como o do médico que, em um avião, é chamado a prestar assistência a um passageiro que se sente mal. De outro lado estão as histórias que expressam situações-limite: o jovem médico acompanha doentes terminais, depara-se com os problemas de saúde da população de baixa renda, aprende com um de seus pacientes como abandonar o fumo. Recorda seus tempos de estudante, bem como o trauma resultante de um acidente de automóvel.

Em todos esses casos, a memória está presente, mesmo quando o objeto dela não é o próprio escritor. Porém, mesmo quando recorda o menino suicida de sua infância, figura que depois aparece em episódio paradigmático de *A guerra no Bom Fim*, o aspecto confessional da crônica se manifesta, permitindo ao leitor conhecer o ser humano cuja generosidade e cujo interesse pelo bem-estar das pessoas completam o profissional que foi Moacyr Scliar.

Esse se manifesta amplamente nas três divisões subsequentes. O corpo humano ocupa a primeira delas, permitindo-nos adentrá-lo por meio da visita guiada promovida pelo cronista. Examinando-o de dentro para fora, Scliar recomenda o cuidado com as artérias, destaca o papel do sangue, dos olhos e dos ouvidos, apresenta as características da memória. Predominam, sobretudo, as sugestões; assim, se o cronista sublinha a importância de caminhadas e exercícios, o cuidado com os ossos e os pés e a necessidade de um sono reparador, por outro lado não deixa de recomendar prudência, atentando para os excessos: atividades físicas podem ser moderadas, dietas alimentares pedem controle, problemas aparentemente psíquicos exigem de início o exame do organismo, para a segurança e eficácia do tratamento.

Se o quarto grupo de crônicas se refere ao corpo humano e

à melhor maneira de mantê-lo sadio, o quinto segmento examina as enfermidades que podem prejudicá-lo. Algumas têm natureza exclusivamente orgânica, como o diabetes; outras, porém, como a obesidade, a anorexia e o fumo, se comprometem o corpo, decorrem de descontroles psíquicos. Há ainda os males de ordem mental: a síndrome do ninho vazio, o pânico, as fobias, a depressão, o estresse, a melancolia, o TOC.

O cronista registra as possibilidades de terapia, mas não deixa de chamar a atenção para os remédios, tema que recentemente se tornou bastante controverso: de um lado, porque há, segundo o autor, a "cultura do remédio", sendo o caso mais comum a prescrição de vitamina C para suposta prevenção de gripes e resfriados, hábito consolidado entre os brasileiros que ele trata de desmitificar. De outro, porque a indústria farmacêutica pode agir de modo pouco ético, aproveitando essa, digamos, "fraqueza" do consumidor para levá-lo à utilização desmedida de medicamentos. Mesmo nesse caso, porém, cabe a cautela: não fosse a indústria farmacêutica, talvez não houvesse o investimento em pesquisa por novos produtos (exemplar é a descoberta da cortisona), cujo sucesso determina o avanço da ciência e o aumento das alternativas de solução para doenças até pouco tempo tidas como incuráveis.

Na maioria dos casos, trata-se de tomar certas atitudes, que podem ser saudáveis ou não, agudizando ou mitigando enfermidades. Por isso, a parte final reúne crônicas relativas aos comportamentos que se podem e devem ou não adotar.

Em primeiro lugar, as atitudes recomendáveis: exercícios e alongamentos são hábitos elogiáveis, embora o autor não descarte a importância da preguiça como hipótese de relaxamento físico e intelectual. O respeito à diversidade cultural, em crônica dedicada à identificação das práticas alimentares de outros lugares, é sempre necessário. Mas, acima de tudo, a doação de órgãos deve ser compromisso de cada um. Embora Scliar nunca se pronuncie de modo autoritário e impositivo, é visível seu empenho em valorizar um procedimento que depende da pessoa, mas que pode se apresentar na condição de posicionamento coletivo, porque compartilhado por todos os membros da sociedade.

Depois, os cuidados a tomar: caminhadas são válidas, mas, como crônicas das seções anteriores advertiam, o exagero é perigoso; maratonas são positivas, desde que os participantes não sejam competitivos. Há também ações a evitar, já que não se comprovaram saudáveis, como o consumo de suplementos alimentares e bebidas energéticas. Ele registra ainda condutas inteiramente negativas, como o uso indiscriminado de antibióticos, o *bodybuilding* ou o que designa como "sexo furtivo". A denúncia de graves problemas contemporâneos complementa a lista: o *bullying*, uma anormalidade, conforme o cronista, a ser combatida pela família, pela escola e pela comunidade; e a indesejada gravidez na adolescência, que igualmente requer um comprometimento que começa pelo diálogo entre pais e filhos, e se estende até políticas públicas de prevenção entre os jovens.

Pode-se observar que a opção pela simplicidade na condução da linguagem das crônicas corresponde ao desejo de esclarecer o público. Essa é a atitude adotada pelo autor do primeiro ao último texto, porque seu intuito é antes de tudo pedagógico. Scliar está ciente de que o destinatário precisa conhecer o problema para prevenir-se adequadamente, no que diz respeito tanto à saúde física e mental quanto a um posicionamento diante de seu grupo e da sociedade.

Optar por esclarecer a audiência não significa prescrever atitudes ou impor decisões. Pelo contrário, o que o cronista almeja é contar com a aprovação do leitor, cuja adesão às ideias expostas é condição imprescindível para mudanças não apenas em sua vida pessoal, mas também na coletividade, em busca de uma sociedade sadia.

Constrói-se, assim, um pacto entre dois seres humanos, em condições de igualdade e parceria, para que possam, ambos, desfrutar desse "território da emoção" em que convivem a medicina e a literatura, a saúde e o prazer.

Regina Zilberman [*]

[*] Professora da Universidade Federal do Rio Grande do Sul, vinculada ao setor de literaturas portuguesa e luso-africanas, e uma das maiores especialistas do país em literatura infantojuvenil e história da literatura. Tem mais de vinte livros publicados e premiados na área pedagógica e educacional.

Além do território da emoção humana, médicos e escritores também compartilham um instrumento comum: a palavra. É claro que nos dois casos a atitude é diferente. O médico avalia a emoção, o escritor utiliza-a como matéria-prima. O médico vê na palavra um recurso terapêutico, o escritor parte dela para a criação artística. Há momentos, porém, em que literatura e medicina se superpõem. Escritores escrevem sobre doença. Médicos procuram dar uma forma literária a seu trabalho. Esta superposição se torna mais visível quando o escritor se torna médico ou quando o médico vira escritor. [...] Por que os médicos escrevem? Esta é uma pergunta que admite mil respostas. Minha tese: os médicos escrevem por causa da angústia. Os médicos escrevem para dar vazão à ansiedade que deles se apossa diante da responsabilidade da profissão. Obviamente, isto não faz literatura: todo escritor é um angustiado, mas nem todo angustiado é um escritor. Escrever não é só desabafar, requer o domínio de uma técnica literária. Mas quando um médico escreve bem, podemos ter obras-primas [...].

Moacyr Scliar

I. LITERATURA E MEDICINA

Literatura e medicina:
doze obras inesquecíveis

[04/11/1995]

A medicina e a palavra escrita sempre andaram juntas. A arte de curar foi evoluindo através de obras que eram reverenciadas pelos médicos como a Bíblia, a começar pelos textos atribuídos a Hipócrates — atribuídos, porque não se sabe se foi ele quem realmente os escreveu. Os livros de Galeno, que viveu no segundo século depois de Cristo, representaram a mais importante fonte de conhecimento sobre doenças durante o milênio que durou a Idade Média. O *Regimen sanitatis Salernitanum*, um livro sobre higiene escrito pelos médicos da chamada Escola de Salerno, já no fim do período medieval, era muito lido, entre outras razões porque composto em versos facilmente memorizáveis. *De humani corporis fabrica*, de Vesálio, foi o primeiro tratado de anatomia digno deste nome. E assim por diante: hoje qualquer estudante de medicina sabe que, em caso de dúvida, deve recorrer aos grossos manuais, o *Cecil* ou o *Harrison*. Claro, breve tudo isto estará em disquete; por enquanto, o livro ainda reina soberano.

Mas não é só nos textos científicos que está a medicina. A

literatura muitas vezes se inspirou na doença e na figura do médico para nos dar algumas obras magistrais. E muitos jovens buscaram a profissão influenciados pelo trabalho dos escritores.

Os meus preferidos? Aqui estão doze deles: *A montanha mágica*, de Thomas Mann, escrito numa época em que a tuberculose ainda era tratada em sanatório (como aconteceu com a mulher de Mann). Como todo grande escritor, Thomas Mann usa a doença para mergulhar na condição humana, porque, como ele mesmo diz, "a doença nada mais é que a emoção transformada". *A morte de Ivan Ilitch*, de Tolstói, uma curta e dilacerante novela sobre um homem que está morrendo de câncer, enfrentando a hipocrisia e a indiferença de médicos e familiares. *Arrowsmith*, de Sinclair Lewis, uma irônica descrição dos bastidores da ciência. *O dilema do médico*, peça teatral de Bernard Shaw, cujo prefácio é uma das melhores análises sobre a mercantilização da medicina ("Pagar a um cirurgião pelas pernas que amputa da mesma forma que se paga a um padeiro pelos pães que faz é acabar com toda a racionalidade"). *O doente imaginário*, de Molière, também uma peça de teatro, também satírica. *A cidadela*, de A. J. Cronin, a lacrimosa história de um jovem médico, que levou vários jovens à faculdade de medicina. *The Doctor Stories*, de Williams Carlos Williams, grande escritor que, como pediatra, trabalhava em bairros pobres de sua cidade nos Estados Unidos. *Olhai os lírios do campo*, de Erico Verissimo, também sobre a comercialização da medicina. *O alienista*, de Machado de Assis, notável sátira à psiquiatria autoritária do fim do século XIX. *Tenda dos Milagres*, de Jorge Amado, sobre os racistas médicos da Bahia no começo do século. *A peste*, de Camus, e *O amor nos tempos do cólera*, de García Márquez: ficção nascendo das pragas. Obras importantes, deveriam figurar no currículo médico, junto com o *Cecil* e o *Harrison*.

Um anêmico famoso

[22/02/2003]

Em 1914, o escritor Monteiro Lobato, então fazendeiro de Taubaté, São Paulo, publicou em *O Estado de S. Paulo* dois artigos, "Urupês" e "Velha Praga", queixando-se dos caboclos do interior, segundo ele, inadaptáveis à civilização. O texto de maior impacto falava de Jeca Tatu: caboclo apático e preguiçoso, comparável aos urupês, plantas parasitas.

Mas Lobato acabou abandonando essa visão irritada e pessimista. A mudança foi desencadeada pela leitura do relatório "Saneamento do Brasil", dos sanitaristas Artur Neiva e Belisário Pena. Colaboradores do grande sanitarista Oswaldo Cruz, Neiva e Pena tinham, como seu mestre, viajado extensivamente pelo interior do Brasil. Na volta, redigiram um relatório descrevendo a espantosa miséria e a deprimente condição sanitária no interior do Brasil — o Nordeste, sobretudo.

Tal relatório mexeu com muita gente — Lobato, inclusive. O problema do Jeca Tatu, constatava-o agora, não era preguiça, era doença, sobretudo a verminose. Naquela época, era muito comum a necatorose ou ancilostomíase, causada por um minúsculo verme que, vivendo no solo, penetra no corpo pela sola dos pés — a maioria dos brasileiros não tinha calçado — e termina seu ciclo no intestino, sugando o sangue e causando anemia, não raro grave; anemia esta responsável, juntamente com a desnutrição, pelo desânimo e pela fraqueza dos caboclos. Impressionado, dizia Lobato em texto dirigido ao imaginário Jeca: "Eu ignorava que eras assim, meu caro Tatu, por motivo de doenças tremendas. Está provado que tens no sangue e nas tripas um zoológico da pior espécie. É essa bicharia cruel que te faz feio, molenga, inerte. Tens culpa disso? Claro que não".

Mas àquela altura Jeca Tatu estava famoso. Até Rui Barbosa recorreu a ele para protestar contra o poder público. Movido talvez pela culpa, Lobato achou que precisava fazer alguma coisa pelos Jecas do Brasil. Associou-se a Cândido Fontoura, farmacêutico que criara um tônico muito popular. Tratava-se de uma fórmula complexa, anunciada com um mágico pregão: "Ferro para o sangue, fósforo para os músculos e nervos". Havia ainda um pouco de álcool, adicionado por razões de formulação, mas que não deixava de alegrar a pessoa (recentemente tal adição foi proibida pelo Ministério da Saúde). O Biotônico Fontoura — o nome foi dado por Lobato — era visto pelo público exatamente como isso, um tônico vital. A verdade é que funcionava, e provavelmente curou, ou melhorou, a anemia de muita gente.

Lobato foi adiante na colaboração literário-farmacêutica (segundo a expressão de Marisa Lajolo). Editou o Almanaque do Jeca Tatu, em que explicava, por meio de uma história simples, como se contrai a ancilostomíase e como se evita o problema. Jeca Tatu e sua magra, pálida e triste família recuperam a saúde graças ao Biotônico Fontoura e ao uso de sapatos. O caboclo se transforma em fazendeiro rico. Final feliz para ninguém botar defeito.

Jeca Tatu está meio esquecido, mas o problema que personificava continua presente. Ainda hoje a deficiência de ferro é o distúrbio nutricional mais comum no mundo e a principal causa de anemia na infância e na gravidez. Ocorre nos países subdesenvolvidos como um aspecto das múltiplas carências alimentares nessas regiões; mas pode ocorrer também em pessoas de melhor condição social. É uma situação na qual sempre se deve pensar. Para que depois, como Monteiro Lobato, não venhamos a nos arrepender.

Literatura como tratamento

[31/05/2003]

Literatura serve para muitas coisas. Serve para informar, serve para divertir — e serve também para curar ou, ao menos, para minorar o sofrimento das pessoas. Duvidam? Pois então fiquem sabendo que desde 1981 existe nos Estados Unidos uma Associação Nacional para a Terapia pela Poesia, cuja finalidade é o uso da literatura para o desenvolvimento pessoal e o tratamento de situações patológicas. A associação edita o *Journal for Poetry Therapy*, realiza cursos e confere o título de especialista em biblioterapia. O biblioterapeuta trabalha em hospitais, instituições psiquiátricas e geriátricas, prisões. O método é relativamente simples: ele seleciona um poema, um conto, um trecho de romance que é lido para a pessoa. A resposta emocional desta é então discutida.

E respostas emocionais a textos podem ser muito intensas. Exemplo eloquente é *Werther*, de Goethe, cujo jovem personagem se suicida. A publicação da obra suscitou uma onda de suicídios por toda a Europa, coisa que até hoje é evocada quando se discute a veiculação de notícias similares pela mídia. O mecanismo básico que aí funciona é o da identificação, algo que começa muito cedo. Bruno Bettelheim mostrou que os contos de fadas exercem um papel importante na formação do psiquismo infantil, não apenas fornecendo modelos com os quais a criança pode se identificar, como também provendo uma válvula de escape para as tensões emocionais. Na adolescência, os modelos passam a ser outros. E houve época em que os jovens aprendiam a fazer sexo com a literatura conhecida como pornográfica (lembrança pessoal: jovens do Colégio Júlio de Castilhos devorando as páginas suspeitosamente amareladas de um velho livro cujo título não recordo, mas que falava na "grutinha do prazer"). E, no século XIX, eram os grandes romances — aqueles de Balzac, por exemplo — que ensinavam as pessoas a viver. Esse papel foi assumido pelo cinema e pela TV, mas a proliferação das obras de autoajuda mostra que as pessoas continuam acreditando em livros como guias para a saúde e para a cura.

Por último, mas não menos interessante, a literatura é importante como fator de estabilidade emocional para os próprios escritores. A associação entre talento e distúrbio psíquico é antiga. Aristóteles já observava que o gênio com frequência é melancólico. Shakespeare dizia que se associam na imaginação o lunático, o poeta e o amante, o que tem contrapartida no dito popular: "De poeta e de louco todos nós temos um pouco". Kay Redfield Jamison, professora de psiquiatria na Universidade Johns Hopkins, estudou a vida de numerosos poetas e escritores, concluindo que há "uma convincente associação, para não dizer real superposição", entre temperamento artístico e distúrbio emocional ou mental (doença bipolar, no caso). Nessas condições, escrever pode ser uma forma de descarregar a angústia e de colocar (ao menos no papel) ordem no caos do mundo interno. Porque a palavra é um instrumento terapêutico, é o grande instrumento da psicanálise. E a palavra escrita tem a respeitabilidade, a aura mística que cerca textos fundadores de nossa cultura, como é o caso da Bíblia. Kafka dizia que era um absurdo trocar a vida pela escrita. Mas ele também reconhecia que sua própria vida era absurda e, nesse sentido, estava optando por uma alternativa com potencial para redimi-lo.

Não precisamos chegar ao extremo de um Kafka. Toda pessoa se beneficiará do ato de ler e de escrever. É terapia, sim, e é terapia prazerosa, acessível a todos. O que, em nosso tempo, não é pouca coisa.

A doença de Machado de Assis

[27/09/2008]

Machado de Assis, cujo centenário de falecimento será lembrado neste dia 29, não teve vida fácil. Mulato, pobre, descendente de escravos, órfão de mãe, ainda teve de enfrentar uma doença que para ele foi uma carga muito pesada. Machado sofria de epilepsia. A doença provavelmente teve início na infância; o escritor aludiu a "umas coisas esquisitas" que sentira quando menino, mas não esclareceu do que se tratava. Aliás, ele relutava muito em admitir seu problema, ainda que suas crises convulsivas tivessem sido testemunhadas por muitas pessoas.

Machado não falava da enfermidade nem mesmo para amigos íntimos e só a revelou à esposa, Carolina de Morais, depois do casamento. O embaraço aparece até mesmo em sua literatura. Na primeira edição de *Memórias póstumas de Brás Cubas*, ele diz, ao falar do sofrimento de uma personagem cujo amante morre: "Não digo que se carpisse; não digo que se deixasse rolar pelo chão, epiléptica...". Nas edições posteriores a frase foi substituída por: "Não digo que se carpisse, não digo que se deixasse rolar pelo chão, convulsa...". Por causa das convulsões, não raro mordia a língua, coisa que dificultava a fala, o que ele atribuía a "aftas".

Machado não foi a única pessoa famosa a sofrer dessa doença muito frequente. O escritor russo Fiódor Dostoiévski teve cerca de quatrocentas crises epilépticas generalizadas convulsivas na fase madura de sua vida. As crises eram sempre seguidas de confusão mental, depressão e distúrbios transitórios de memória e fala. Mas o fato de a doença ser comum não eliminava o penoso estigma que representava, mesmo porque à época praticamente não havia tratamento eficaz.

Parece que Machado de Assis consultou o famoso dr. Miguel Couto e que tomou brometo, um fraco tranquilizante então usado, que não funcionou, causando inclusive efeitos indesejáveis. Mas Miguel Couto afirmava que a epilepsia se constituiu em um desafio para o escritor, um desafio que ele venceu com sua magnífica obra. Neste sentido, ele se identifica com outro grande autor que também foi epiléptico, Gustave Flaubert, e que também enfrentou com bravura o problema.

A epilepsia continua sendo uma doença muito comum, afetando, segundo se calcula, cerca de 50 milhões de pessoas no mundo. Mas a situação hoje é bem diferente daquela que ocorria na época de Machado. Há cerca de duas dezenas de medicamentos capazes de controlar as convulsões e, em certos casos, a cirurgia é eficaz. Após dois a cinco anos de tratamento bem-sucedido, a medicação pode ser suspensa em 70% das crianças e em 60% dos adultos. Machado de Assis certamente ficaria feliz com esta mudança.

Medicina e ficção

[23/01/2010]

Sherlock Holmes, de Guy Ritchie, com Robert Downey Jr. vivendo Sherlock, e Jude Law no papel de dr. Watson, é o mais novo lançamento numa longa série de filmes. O que não deixa de surpreender. O personagem foi criado há mais de um século — e sobrevive. Por quê?

Em primeiro lugar, é preciso dizer que Holmes é um produto da Inglaterra vitoriana, uma sociedade em que a repressão, sexual, inclusive, era a regra. Os instintos reprimidos emergiam sob a forma de violência física e de crimes misteriosos, como aqueles de Jack, o Estripador. Diante disso, o raciocínio passava a ser a principal arma do detetive. E este raciocínio, por sua vez, tinha uma base científica. Sir Arthur Conan Doyle, o criador de Sherlock, era médico, e inspirou-se num famoso cirurgião de Edimburgo, o dr. Joseph Bell, com quem trabalhou. Bell era capaz de fazer diagnósticos antes mesmo que os pacientes abrissem a boca, graças a seu notável poder de observação e a seu arguto raciocínio.

Sherlock Holmes igualmente parte de pequenos detalhes

para suas deduções. Curiosamente, o dr. Watson, o amigo de Sherlock, é médico, mas não tem nenhuma habilidade especial. Na verdade, funciona mais como um interlocutor do que qualquer outra coisa. Mas Sherlock Holmes serve, sim, de modelo para um médico: o dr. House, da já longa série *House*, que foi escolhida como a melhor série televisiva no People's Choice Awards, realizado em Los Angeles, e que, diferentemente do Oscar, resulta da votação do público via internet. Interpretado por Hugh Laurie, antropólogo de formação, House é um gênio do diagnóstico, mas um homem cínico, sarcástico, que não mostra muita simpatia para com os pacientes.

O dr. Bell sabia que era o modelo de Holmes. E não gostava disso. House explica a razão. Bell sabia que medicina não é apenas fazer diagnósticos, muito menos fazer diagnósticos brilhantes. Na maioria das vezes, isso não é necessário — nem difícil, com a avançada tecnologia hoje disponível. Difícil é tratar a doença, difícil é cuidar do paciente. Ao fim e ao cabo, a medicina é isso, uma relação especial entre pessoas.

Não são poucos os médicos que se transformaram em personagens, seja da literatura, seja do cinema, seja da TV, que gosta muito do hospital como cenário para seus dramas e ali coloca figuras como as de Ben Casey, do dr. Kildare, Marcus Welby, Meredith Grey (de *Grey's Anatomy*). Funciona: na Inglaterra, um curioso estudo mostrou que as pessoas conheciam mais o dr. Kildare, e mesmo o dr. Watson, do que médicos ingleses cujo trabalho beneficiou extraordinariamente a humanidade: Joseph Lister, que introduziu a assepsia, e Edward Jenner, pioneiro da vacinação.

O dr. Bell tinha razão: ao menos em termos de medicina, há uma longa distância entre a realidade e a ficção. E a ficção às vezes ganha a briga.

Literatura & medicina

[20/11/2010]

O próximo dia 20 assinala o centenário de falecimento de um grande escritor, o russo Liev Tolstói, autor de obras-primas como *Guerra e Paz* e *Anna Kariênina*, romances monumentais. Mas Tolstói também escreveu textos mais curtos, e entre eles está *A morte de Ivan Ilitch*, por muitos críticos considerada a novela mais perfeita da literatura, uma história que deveria ser lida por todas as pessoas e, em especial, por médicos e estudantes de medicina.

Conta a história de Ivan Ilitch, membro do judiciário de São Petersburgo, uma história que, sabemos pelo título, terminará com a morte do protagonista. Mas isto não é importante. Importante é a vivência da enfermidade que, para o arrogante Ivan Ilitch, se constituirá num suplício pior que o da própria agonia.

Gravemente doente, Ivan Ilitch consulta médicos que o atendem de forma distante e autoritária, a tal ponto que, numa das consultas, ele se sente como um réu diante do tribunal. Colegas e a própria família também o tratam de maneira indiferente, quase hostil. A única pessoa que o ampara é um empregado, um camponês semi-ignorante que, no entanto, se compadece do sofrimento do patrão e procura ajudá-lo. Ivan Ilitch descobre que sua vida foi despida de sentido, que suas relações com outros seres humanos eram superficiais.

Somente um profundo conhecedor da alma humana como foi Tolstói seria capaz de, em poucas páginas, resumir de maneira tão fantástica o drama da existência diante do fim próximo. Particularmente importante é a questão da relação médico-paciente. Naquela época, a medicina ainda não tinha chegado à sofisticação tecnológica que hoje é a regra e que aos poucos vai deslocando os aspectos humanos da prática médica. Neste sentido, podemos dizer que Tolstói foi profético. E esta é mais uma razão para lê-lo.

II. HISTÓRIAS DE MÉDICOS

Médico desempregado

[06/01/1996]

Desemprego não é uma palavra estranha no mundo em que vivemos. Ao contrário, é uma ameaça permanente. Todo mundo que está empregado pode ficar desempregado. Todo mundo? Bem, há certas categorias que se julgam, ou julgavam, ao abrigo desse risco. Médicos, por exemplo. Afinal, a doença nos acompanha desde a aurora da humanidade. E, enquanto pessoas ficarem doentes, os médicos terão trabalho.

Bem, nem sempre, como descobriu o dr. Alfred E. Stillman, um gastroenterologista e professor universitário norte-americano. Como muitos médicos dos Estados Unidos, ele tinha uma vida confortável, inclusive porque a esposa, também médica, exercia um cargo administrativo: dois salários, portanto, e bastante bons. Uma confortável vida de classe média, que de repente foi interrompida: o dr. Stillman foi despedido da clínica em que trabalhava.

O que aconteceu depois ele conta num artigo publicado no *New England Journal of Medicine*. É um texto inusitado, nesta sóbria revista médica; inusitado e eloquente.

39

A primeira reação do dr. Stillman foi de raiva. Como poderiam despedi-lo, a ele, um profissional tão bem qualificado? Impossível. Assim, a segunda reação foi de negação: ele continuou frequentando o serviço onde trabalhava, fazendo reuniões com residentes e estudantes. Logo depois, contudo, descobriu que se transformara em *persona non grata*, uma não entidade: sociedades competitivas não toleram os fracassados. Os colegas não apenas o evitavam, como também não o convidavam para mais nada. E aí veio a depressão. Logo o dr. Stillman deu-se conta de que sua leitura habitual já não eram os textos médicos, mas sim o guia da TV. A esposa, que conseguira um precário emprego, esforçava-se por arrancá-lo do desânimo, insistindo que ele se vestisse e saísse.

A história tem um final feliz, ou semifeliz. O dr. Stillman conseguiu um outro emprego, mas desta vez como clínico geral. Teve de se reciclar, o que, segundo diz, foi um prazer.

Não é um caso isolado, o do dr. Stillman. Nos Estados Unidos, sempre houve relativa carência de médicos; o relatório Flexner, do começo do século, mostrou que numerosas faculdades de medicina não tinham condições de formar bons profissionais, com o que a maioria foi fechada. Mas funcionou a lei de mercado, o número de faculdades cresceu, e agora a oferta de médicos já supera a demanda. E isto está acontecendo em muitos outros países.

Em Israel, onde o número de médicos emigrantes (da Rússia, por exemplo) é imenso, contaram-me uma história bem ilustrativa. Numa repartição pública, uma funcionária caiu e fraturou a perna. Na confusão que se seguiu, quem assumiu o comando foi a faxineira, que imobilizou o membro e orientou sobre o que tinha a ser feito. Como é que você sabe dessas coisas?, perguntou o chefe, admirado.

— Na Rússia eu era traumatologista — foi a resposta.

Um destino do qual o dr. Stillman foi poupado. Pelo que ele pode se considerar duplamente feliz.

O ferrão da morte

[19/04/1997]

Eu era estudante de medicina, estagiava na Santa Casa e fui convocado por um cirurgião para auxiliá-lo numa operação de emergência, uma traqueostomia a ser realizada, já não lembro por qual razão, num paciente com tuberculose avançada. A cirurgia, que normalmente é simples, revelou-se extraordinariamente difícil, o campo operatório estava cheio de sangue e de secreção. De repente, senti uma dor aguda num dedo. O médico acabava de me cortar com o bisturi. E ficou alarmado. Afinal, tratava-se de um ferimento possivelmente contaminado.

Meus professores fizeram uma reunião para discutir o assunto. Teria eu sido inoculado, de forma inusitada, com o bacilo da tuberculose? Provavelmente não, mas por via das dúvidas mandaram que eu tomasse por seis meses hidrazida, um dos medicamentos usados para a tuberculose. O que eu não fiz. Lá pelas tantas enchi o saco de tomar remédio e parei. Não aconteceu nada.

A mesma sorte não teve o médico americano Mahlon Johnson. Em *Possível milagre* (Companhia das Letras, 1997, tradução de José Rubens Siqueira) ele conta a sua tragédia: autopsiando o cadáver de um paciente de aids, ele cortou-se e infectou-se com o vírus. Azar terrível (não faltará quem veja neste acidente um inconsciente desejo de autoliquidação), mas o dr. Johnson não se deixou abater. Entrou num grupo de pacientes que está tomando o coquetel anti-HIV.

Outro faria um escarcéu, mesmo porque as luvas fornecidas pelo hospital não eram das que dão mais proteção. O dr. Johnson não endossa essa atitude: "Faz parte do meu trabalho ficar exposto ao perigo". E, podemos acrescentar, transformar o infortúnio em algo benéfico para outros.

Há um outro caso, este ainda mais extraordinário. Trata-se do estudante de medicina peruano Daniel Carrión. À época em que estava na faculdade, fins do século XIX, discutia-se sobre duas situações meio frequentes na região, uma doença de pele conhecida como verruga-peruana e uma outra doença, do sangue, chamada febre de Oroya (porque dizimava os trabalhadores que construíam a ferrovia de Oroya, nos Andes). Uns diziam que se tratava de doenças diferentes, outros, que eram duas formas de uma mesma doença. Daniel partilhava desta última opinião — ardorosamente. Tão ardorosamente que decidiu se inocular com material colhido de um paciente com verruga-peruana. Os professores e colegas tentaram dissuadi-lo, sem êxito. Na manhã de 27 de agosto de 1885, Carrión (afinal ajudado por um colega) tirou sangue de um menino com verruga e inoculou em si mesmo. Adoeceu — com febre de Oroya — e por fim veio a morrer, depois de uma longa agonia. Provando, contudo, que estava certo.

Morte, onde está teu ferrão? — pergunta a Bíblia, anunciando o reino de Deus. Os médicos conhecem o ferrão da morte, às vezes por experiência própria. Daniel Carrión procurou-o, Mahlon Johnson tenta transformá-lo num possível milagre. São muitas as armadilhas do destino e muitas as maneiras pelas quais a elas podemos reagir. Entre o descaso e o autossacrifício há uma gama de possibilidades, várias sensatas e até generosas. Elas não neutralizam o ferrão da morte, mas transformam-no numa chave para a porta da vida.

O dilema dos analistas

[30/08/1997]

Semana passada, em uma mesa-redonda no Hospital de Clínicas sobre os cinquenta anos do veredicto que condenou médicos nazistas em Nuremberg, falei de Amílcar Lobo, o médico que colaborou com torturadores à época da ditadura militar, e que citei como exemplo de um doutor que colocou sua profissão a serviço do autoritarismo. No dia seguinte, li no jornal que ele tinha falecido, aos 58 anos. O que, claro, deve ser apenas coincidência — mas é uma significativa coincidência, permitindo algumas perturbadoras questões sobre a relação entre médicos e regimes totalitários.

Amílcar Lobo acreditava que nomes condicionam destinos? Talvez. O certo é que usou o seu sobrenome no título de um livro que publicou sobre sua experiência: *A hora do lobo, a hora do carneiro*. Quanto de lobo, quanto de carneiro tinha o Amílcar? Esta é uma questão que ainda está por se esclarecer. É certo que ele foi denunciado por vítimas da tortura e por isso teve seu diploma cassado. Mas não se trata apenas da familiar equação crime-castigo. Um episódio basta para mostrá-lo. Um ex-terrorista, Cid de Queiroz Benjamin, acusou o médico de ter praticado nele uma sutura a frio, sem anestésico. Resposta de Lobo: "O rapaz implorou de joelhos para que eu não usasse anestesia com medo de que injetasse alguma coisa nele". Ou seja: estava alegando que, dada a situação, fizera o melhor possível, atendendo ao pedido do prisioneiro. Mas — que situação é esta, em que um paciente se sente obrigado a suplicar ao médico que realize um procedimento cirúrgico sem anestesia? E por que o médico tem de aceitar tal pedido — tal situação? Eu não tinha alternativa, responderia Lobo. Mas será que ele não tinha mesmo alternativa? Não poderia ter pedido demissão do cargo, perdendo um emprego mas mantendo a dignidade?

O caso Amílcar Lobo não ficou só nisto. Seus analistas, Leão Cabernite e Ernesto La Porta, à época diretores da Sociedade Psicanalítica do Rio de Janeiro, também tiveram seus registros cassados pelo Conselho Federal de Medicina, um processo em que teve atuação destacada a psicanalista Helena Besserman Vianna (para quem não a conhece, é mãe do humorista Bussunda). Nas sessões de análise, Lobo falava sobre a tortura, coisa que os dois profissionais mantiveram sob sigilo. Cumpriram seu dever ético? Perturbadora pergunta, que aliás não é nova: na Alemanha nazista os psicanalistas tiveram o mesmo problema em relação aos comunistas que tratavam. Muitos passaram a recusar tais pacientes, alegando que não havia condições para a terapia. Certamente não havia, mas era só para a terapia que não havia condições? A mesma pergunta poderiam se fazer os psiquiatras soviéticos encarregados de tratar os dissidentes. Seria possível dizer que, dadas as condições, quem quer que protestasse contra o stalinismo na certa tinha um parafuso de menos — uma situação semelhante à descrita por Joseph Heller em seu famoso *Catch-22*, que se passa à época da Segunda Guerra Mundial. Quando os pilotos da Força Aérea Americana procuravam o dr. Daneeka, alegando que não tinham condições emocionais para voar, o médico replicava: "Só louco voa nestas missões. Portanto, se você não quer voar, não pode me procurar. Mas se você não me procura, terá de voar".

O paradoxo só pode ser percebido, diz Bertrand Russell, quando saímos do marco referencial em que ele foi criado. As ditaduras têm suas próprias regras, suas próprias leis. Mas o que era legal para o nazismo era legal no contexto mais amplo da humanidade? Não, foi a resposta do Tribunal de Nuremberg. Não, foi a resposta do Conselho Federal de Medicina. A profissão não se esgota em si mesma. Ela só por ser avaliada numa dimensão ética global. Caso contrário não há mais diferença entre lobos e carneiros.

Urgência: a visão do paciente e a visão do médico

[21/03/1998]

Duas horas da manhã: toca o telefone — num hospital, num pronto-socorro, na casa de um médico. Uma voz angustiada pede: "Venham depressa, é uma urgência".

Na carreira de cada profissional da medicina, essa cena se repete incontáveis vezes. E de cada vez uma pergunta é feita: mas é urgência mesmo?

Pergunta pertinente, porque, na maioria das vezes, a resposta é negativa. O médico corre à casa do paciente, apenas para encontrá-lo sorridente: "Eu estava ruim, mas já passou".

Vamos deixar bem claro: as pessoas não estão mentindo quando dizem que o caso é urgente. O que acontece é que o critério de urgência do paciente é diferente. Em toda a situação de ameaça real ou potencial à saúde, há um componente de ansiedade, e é essa ansiedade que faz a pessoa ou um familiar correr ao telefone. É uma emergência psicológica, que em geral ocorre à noite, quando a escuridão e as ruas desertas aumentam a sensação de desamparo.

* * *

O médico é colocado diante de um sério dilema. Pelas escassas informações, ele tem de fazer um diagnóstico presuntivo, um prognóstico idem e, então, decidir se larga o que está fazendo para proceder ao atendimento. Na maioria das vezes, a resposta é a fórmula que faz parte do folclore médico americano: *"Give him two aspirins and call me in the morning"* — dê-lhe duas aspirinas e me chame de manhã. Duas aspirinas e várias horas depois a situação está melhor.

Exceto quando não está. O prognóstico é mais uma arte do que uma ciência, sujeita a incertezas tão grandes que, por vezes, a bola de cristal parece mais segura. Não há doutor que não conte uma história a respeito: o paciente vem ao consultório por causa de uma dorzinha no peito, o médico examina-o, faz um eletrocardiograma, tudo está bem, o paciente sai tranquilizado — apenas para cair morto na rua. A inversa também é verdadeira: "Há dez anos, os médicos me desenganaram, disseram que eu tinha só um mês de vida" — é uma história que muitas pessoas vão contar, com orgulho.

Mas é assim mesmo. No universo das incertezas, os médicos buscarão alguma ilhota de evidência. Que às vezes tem aparência — para dizer o mínimo — insólita, como exemplifica a seguinte historinha do folclore judaico.

Na Europa Oriental, os judeus eram paupérrimos, viviam em aldeias miseráveis, e a língua que falavam entre si era o ídiche. Quando melhoravam de vida, aprendiam o russo, e, quando se tornavam ricos, passavam, como os próprios russos, para o francês. Pois a historinha fala de uma jovem gestante que está a ponto de dar à luz. O doutor é chamado, e encontra a moça gritando, em francês: "*Au secours, maman, au secours*". Não está na hora ainda, diz o médico, e senta-se na sala de visitas tomando chá. Não demora, a jovem grita de novo, desta vez em russo. Sem se levantar, o doutor tranquiliza a ansiosa genitora: não está na hora. Finalmente, a gestante grita em ídiche — e aí, sim, está na hora: o ídiche é a língua das vísceras, o idioma que expressa melhor a urgência uterina.

Esse critério não funciona em todos os lugares, claro. E aí é a vez do bom senso. E das duas aspirinas.

Os dez mais da medicina brasileira

[12/12/1998]

No passado, a expressão "fin de siècle" designava o clima depressivo que se apossava da sociedade, ou de uma parte dela, à medida que o século ia terminando. Neste século xx, contudo, a conjuntura é diferente. Tudo indica que, na véspera do terceiro milênio, viveremos uma fase maníaca. Já é evidente, por exemplo, a mania das listas: os melhores romances, os melhores filmes, as mulheres mais sensuais... Mania benigna, digamos desde logo, que serve ao menos para prestar algumas homenagens.

A revista *Médicos*, órgão do Hospital das Clínicas da Universidade de São Paulo, resolveu organizar a lista dos dez nomes mais importantes da medicina brasileira no século xx. Para isso, acionou seu conselho editorial, composto de cerca de trinta renomados especialistas. Depois de um "esforço sobre-humano", segundo o diretor Luís Mir, e que consumiu três meses de trabalho, foi publicado um número especial sobre os dez médicos brasileiros mais importantes. São eles: Oswaldo Cruz, Carlos Chagas, Rocha Lima, Gaspar Vianna, Rocha e Silva, Adolfo

Lutz, Euryclides Zerbini, Adib Jatene, Ivo Pitanguy e Sérgio Ferreira.

É uma lista seguramente polêmica. Obviamente muitas especialidades teriam de ser excluídas e, de fato, não há nela pediatras nem obstetras, nem clínicos, nem neurologistas, nem psiquiatras. Há um cirurgião plástico (Pitanguy), dois cirurgiões cardiovasculares (Zerbini e Jatene) — três nomes de fama mundial, mas neles termina a lista dos que mexem diretamente com os doentes. Temos em seguida dois pesquisadores: Maurício Rocha e Silva, descobridor da bradicinina (substância que produz vários efeitos importantes no organismo, incluindo a queda da pressão arterial) e Sérgio Ferreira (pesquisador na área de hipertensão e analgesia, detentor de vários prêmios e colaborador de John R. Vane, Nobel de medicina).

Mas a área mais reconhecida é a da saúde pública. Todos os outros nomes a ela estão ligados, direta ou indiretamente, a começar pelo pioneiro Oswaldo Cruz e por Carlos Chagas, descobridor do agente causador da doença que leva seu nome. Curioso: a fase gloriosa da saúde pública brasileira corresponde, na realidade, às primeiras décadas do século. Era a fase de abrir caminhos, de descortinar novos horizontes, e os cinco médicos citados fizeram isso com visão, com competência e com dedicação.

Foi a saúde pública que projetou internacionalmente a medicina brasileira. E tinha de ser assim, num país em que doenças de massa ainda são um flagelo. É bom que isso seja lembrado nessa fase de vacas magras para o sistema de saúde. A revista *Médicos* pode ter ferido suscetibilidades, mas não há dúvida de que prestou um bom serviço à comunidade científica brasileira.

Em busca do esqueleto

[06/02/1999]

Dentro de alguns dias, os calouros da medicina, aprovados nos vestibulares de todo o país, estarão começando seu curso. E o começarão por aquela disciplina básica, que introduz ao conhecimento do corpo humano: a anatomia. Ou seja, terão de dissecar cadáveres. É lógico, mas é perturbador. Florencio Escardó, famoso pediatra uruguaio, apontava a ironia que é iniciar a formação médica por aquilo que representa justamente o fracasso da medicina, o corpo morto.

Bem, mas antes do cadáver vem o esqueleto. Que não é tão sinistro assim. Esqueletos frequentemente aparecem em comédias de televisão, por exemplo. E as caveiras que os norte-americanos usam no Halloween, e os mexicanos nos Finados (as "*calaveras*"), fazem parte de clássicas celebrações em que, assobiando no escuro, brincamos com a ideia da morte.

Durante muito tempo, a anatomia humana, o esqueleto aí incluído, foi uma abstração para os doutores. Galeno, por exemplo, um grande médico da Antiguidade, não sabia quantos ossos teria o corpo: "mais de duzentos", escreveu, à guisa de palpite. A tradição judaico-cristã proibia a dissecção, o que só começou a acontecer na modernidade. E aí surgiu uma espécie de fascínio com o esqueleto. Todas as escolas médicas tinham de ter um. Não: todos os colégios tinham de ter um. E aí surgiram curiosas histórias envolvendo esqueletos. Como aquela envolvendo John Hunter e o gigante irlandês.

Hunter, famoso médico escocês do século XVIII, era o protótipo do maluco genial: grande cirurgião, grande investigador — e um obcecado pela anatomia: na sua mansão em Londres, havia um verdadeiro zoo de animais selvagens que ele estudava e dissecava depois de mortos (uma vez dois leopardos fugiram dali, causando pânico na vizinhança). Naquela época, fazia sensação na capital inglesa um gigante irlandês (cerca de dois metros e meio) chamado Charles Byrne e que, como era hábito então, era exibido ao público. Em pouco tempo, contudo, Byrne contraiu tuberculose e logo estava agonizando.

Quando Hunter soube disto, uma ideia lhe ocorreu: apossar-se do esqueleto do infeliz. Byrne soube disto e, aterrorizado, pediu a seus amigos que seu corpo fosse atirado ao mar, mas não entregue ao cirurgião. Confiante de que seu desejo seria atendido, faleceu.

O esperto Hunter, contudo, subornou o agente funerário. O féretro seguiu até o cais, mas lá os caixões foram trocados. Hunter recebeu o corpo, do qual rapidamente extraiu o esqueleto, que ficou em exibição em seu consultório. O caixão que foi jogado ao mar continha pedras.

Para a família não fez muita diferença. Mas para o progresso médico também não. Se a história prova alguma coisa é que os doutores, como todo o mundo, têm suas obsessões. E, às vezes, farão qualquer coisa para satisfazê-las.

Medicina e arte: a visão satírica

[30/10/1999]

A aparição dos médicos em obras de arte é um fenômeno relativamente tardio. Certo, há alguns bustos e retratos de Hipócrates, o pai da medicina, mas durante toda a Idade Média os artistas preferiram retratar santos a doutores. No que provavelmente estavam certos. Em caso de doença era mais seguro apelar para as forças celestiais do que para os duvidosos conhecimentos das poucas pessoas (em sua maioria frades) que ousavam enfrentar pestes e enfermidades.

Com a modernidade, esse panorama muda quase que subitamente. A medicina é agora uma profissão reconhecida, ensinada em universidades, surgidas ao fim do medievo. Os doutores ousam mais. Querem, por exemplo, saber como é o corpo humano por dentro, e recorrem para isso à dissecção de cadáveres, coisa que era proibida pela religião. Aliás, nesse estudo os médicos foram precedidos pelos artistas, como Leonardo da Vinci, que deixou maravilhosos estudos de peças anatômicas. Um pouco mais tarde, Rembrandt pinta a famosa *Lição de ana-*

tomia do dr. Tulp, em que um anatomista mostra a cirurgiões a estrutura da mão.

Os médicos eram agora retratados porque tinham se tornado importantes. Para muitos deles, essa importância traduziu-se em arrogância. Apesar dos conhecimentos anatômicos, ainda era bem pouco o que podiam fazer por seus doentes. Continuavam recorrendo a purgativos e sangrias, que só faziam debilitar mais os enfermos. Essa contradição não escapou ao olhar arguto de escritores e artistas. Em peças teatrais como *O doente imaginário*, Molière satirizou a onipotência dos doutores. Numa mistura de francês e latim, ele traduz a clássica receita de então: *"Clysterium donare/ Postea seignare/ Ensuita purgare"* (Dar um clister/ depois sangrar/ depois purgar). Ao que o coro responde: "Possa ele sangrar e matar por mil anos".

Esse tipo de sátira teve correspondência na obra de pintores e desenhistas como William Hogarth (1697-764). A caricatura estava então fazendo sua entrada na arte e na imprensa, e os médicos tornaram-se um tema predileto (o que, no Brasil, aconteceu com Oswaldo Cruz). É preciso dizer, contudo, que o pincel satírico não retratava somente os médicos, mas também a sociedade em que eles estavam inseridos — gente que comia demais, que bebia demais, que fazia sexo demais e que, portanto, adoecia como resultado dos próprios excessos e extravagâncias.

A partir do final do século XIX a situação mudou de novo. A medicina tornava-se agora definitivamente científica. A revolução pasteuriana foi um marco neste sentido. Mais do que isso, êxitos impressionantes foram conseguidos no diagnóstico e tratamento de doenças. Claro, os doutores continuaram objeto da veia satírica de muitos autores (Bernard Shaw é um exemplo), mas, paralelamente, a medicina foi idealizada até as raias da veneração. Tudo isto, ao fim e ao cabo, deveria resultar numa lição de humildade. Não se trata de concluir coisas do tipo "quem hoje está por baixo amanhã estará por cima". Não, é preciso admitir que toda atividade humana tem suas limitações e que nossa grandeza consiste em enfrentar tais limitações com confiança e não com arrogância.

Batalha final

[19/02/2000]

O último filme de Martin Scorsese, *Vivendo no limite* (*Bringing Out the Dead*), gira em torno a um paramédico (Nicolas Cage) atormentado pela visão de uma moça que ele não conseguiu salvar. Perder pacientes é o tormento dos paramédicos, e dos médicos, e dos enfermeiros, de todos enfim que lidam com a vida humana em seus instantes terminais. É o sombrio reverso de uma moeda cuja brilhante face nos mostra essas profissões arrancando pessoas à morte. Salvar vidas é "como se apaixonar", nas palavras de Joe Connelly, o paramédico autor do livro que originou o filme. É algo que dá aos profissionais a sensação de uma potência quase infinita.

Que não corresponde à realidade. No começo de minha carreira médica, trabalhei em hospitais onde havia pacientes em estado muito grave. A morte passou a fazer parte de minha rotina. E ela se apresentava de diferentes maneiras. Sob a forma, por exemplo, do colchão enrolado: a gente chegava à Santa Casa uma manhã e, no leito onde no dia anterior estivera uma pessoa, o colchão agora estava enrolado. Era sempre um choque.

Mais perturbadora ainda era a visão do corpo coberto com o lençol. Agora, terrível mesmo era acompanhar as pessoas em sua agonia, que podia ser curta ou longa, podia terminar quietamente ou com um grito de terror. De qualquer maneira, era a morte.

Muitas vezes nos olhamos, as pessoas que ali estavam — médicos, estudantes de medicina, enfermeiros, auxiliares —, depois desse momento final. A expressão nas faces variava: podia ser de resignação, podia ser de desgosto, de contrariedade, até mesmo de raiva. Mas a expressão que mais me perturbava, e tenho a certeza de que muitas vezes essa expressão esteve no meu próprio rosto, era a de perplexidade. Como foi que isso aconteceu? Como perdemos esse homem, essa mulher, essa criança? O que fizemos de errado? Por que o organismo dele não respondeu à medicação como devia, como os livros diziam que responderia?

Perguntas sem resposta. Na verdadeira guerra que a medicina e as profissões afins travam com a doença, há uma sucessão de batalhas. Mas a batalha final é ganha pela morte. Todo médico sabe disso. Nenhum médico aceita isso. Não por onipotência. Fala-se muito da onipotência médica, inclusive em ações judiciais, mas tenho dúvidas de que tal onipotência exista de fato. O que existe é provavelmente uma defesa contra a ansiedade despertada por nossas limitações e por nossa própria condição de mortais.

Quem salva vidas começa a achar que se tornou imortal, diz Joe Connelly, mas essa ilusão muito rapidamente se desfaz. E dá lugar à perplexidade, à interrogação sem resposta.

Contudo, essa perplexidade não é paralisante. Perplexos ou

não, vamos em frente. Tenhamos ou não resposta para os grandes enigmas da existência, vamos em frente.

Fazemos o que podemos, isso não é pouco. No filme, o paramédico está em busca de redenção. Ele quer salvar pelo menos uma vida. Não é a vitória final, mas é, pelo menos, um consolo.

Medicina e racismo

[29/04/2000]

O dr. Cecil Helman, sul-africano de nascimento mas radicado em Londres, tem numerosos amigos em Porto Alegre. Na qualidade de especialista em medicina comunitária, tem vindo com alguma frequência à nossa cidade para cursos e palestras.

O dr. Helman é um homem de múltiplos talentos: escreve, pinta. Agora recebo, graças à gentileza do dr. Airton Stein, que esteve em Londres, um interessante artigo em que Helman conta sua experiência como estudante de medicina e médico na África do Sul à época do apartheid.

O hospital onde ele trabalhava tinha duas alas, uma para "brancos", outra para "não brancos". Mas não apenas as alas eram separadas: tudo era separado. Por exemplo, os termômetros. Havia quatro variedades: termômetro oral para brancos, termômetro oral para negros, termômetro retal para brancos, termômetro retal para negros. Cecil Helman conta que um de seus colegas, um subversivo barbudo, misturava os termômetros e deliciava-se imaginando o termômetro que fora usado no reto de um preto sendo introduzido na boca de uma branca.

Mais curiosa foi a história ocorrida com um paciente. Um dia, chegando ao hospital, Cecil Helman surpreendeu-se ao encontrar, na enfermaria dos brancos, um homem de pele escura. Era um branco. Um branco que sofria de uma rara enfermidade das suprarrenais, a doença de Addison, na qual a pele vai escurecendo. Esse homem passava por um duplo sofrimento; de um lado a doença em si, de outro o preconceito. Ele carregava consigo sua certidão de nascimento e vários outros documentos para provar que era branco.

Tudo inútil, conta Helman. Foi expulso de um trem, de uma piscina, de uma barbearia, de um restaurante, de um hotel. Gradualmente desistiu de explicar. Retirou-se da vida social, da praia e do bar. Seu patrão mandou-o embora, com a vaga promessa de readmiti-lo quando "melhorasse". Um a um, os amigos o abandonaram, e até a esposa o evitava.

Em suma: uma história de Michael Jackson (que quis ficar branco) ao contrário. E que mostra o grau de estupidez a que é capaz de conduzir o racismo desenfreado. O apartheid já foi tarde.

Piedosas mentiras

[27/07/2002]

Em "A saúde dos doentes", o grande escritor argentino Julio Cortázar conta uma história patética. Trata-se de um rapaz que deixa a Argentina para morar no exterior (em Recife, especificamente) e morre. Além da dor representada por essa perda, a família vê-se diante de um sombrio problema: como dar a notícia à mãe do falecido, ela própria portadora de uma séria doença cardíaca? Decidem, então, manter a ilusão de que o jovem continua vivo. Para isso forjam cartas dele. O truque funciona à perfeição — as cartas são tão convincentes que até a família acredita nelas. De repente, morre a mãe. E Cortázar encerra o conto com aquelas pessoas colocando-se, involuntariamente, uma outra questão: como dar ao familiar de Recife a notícia da morte da mãe?

O que temos aí é uma mentira piedosa, tão piedosa que exigiu o comprometimento de várias pessoas. As quais, por sua vez, comprometeram-se tanto com a piedosa mentira que chegaram a acreditar nela.

O drama vivido pela fictícia família é aquele que muitos médicos enfrentam. Como dar uma má notícia? Como dizer a uma pessoa que ela está com câncer terminal?

No passado, o princípio básico era poupar o doente, mesmo que à custa de uma encenação. Não se tratava apenas de mudar o diagnóstico. Era preciso, por exemplo, evitar consultas a certos especialistas — no caso, os oncologistas. Estes eram informados do caso, podiam até opinar, mas, se eram conhecidos do paciente, evitava-se o contato.

Essa situação começou a mudar a partir dos Estados Unidos. Lá, pacientes processavam médicos exatamente por não terem sido informados de um diagnóstico sério e de um prognóstico reservado. Por causa disso, alegavam, não tinham posto suas coisas em ordem — em termos de testamento, de providências várias. E os médicos passaram, então, a uma seca objetividade. Há casos em que o paciente é informado pelo telefone: "Recebi o laudo de sua biópsia. É câncer".

Claramente, o pêndulo oscilou na direção oposta. E será preciso conseguir uma nova posição de equilíbrio. Uma posição em que a verdade possa ser revelada, mas num clima de mútua compreensão. O que a medicina, inclusive, agora permite: câncer há muito tempo deixou de ser uma condenação para ser o diagnóstico de uma situação que, grave às vezes, sempre permite providências e não raro uma cura definitiva. Nem mentira piedosa nem o brusco anúncio.

Pode acontecer que o médico beneficie o paciente mentindo a ele, e que, ao mesmo tempo, tenha prazer com essa mentira? Esses tempos ouvi uma história sobre uma velha senhora que estava hospitalizada. Os médicos colocaram nela uma sonda nasogástrica, que a paciente arrancava constantemente, criando problemas para a equipe. Um dia, a anciã viu o residente preparando, pela enésima vez, a sonda. Para isso, passava no tubo um lubrificante. O residente teve uma inspiração:

— É cola-tudo. Se a senhora arrancar esta sonda, vai ficar toda machucada por dentro.

Em silêncio, a velhinha deixou que a sonda fosse colocada e não mais a retirou. Com o que se tornou uma séria candidata a personagem de um Cortázar.

A mulher e sua saúde

[08/03/2003]

Numa época — e isso muito antes da reposição hormonal —, eram populares medicamentos que se propunham a devolver a saúde à mulher, regularizando-lhe o fluxo menstrual. O que correspondia a uma clássica visão do organismo feminino. Mulher, de acordo com essa visão, era um útero com apêndices — pernas para caminhar, braços para trabalhar e uma cabeça (para ser coberta com um véu ou para carregar alguma coisa em cima, não para pensar). Mais: em certas culturas, nem mesmo o útero pertencia à mulher. Era considerado um ser com vida própria que, em determinadas circunstâncias, saía do invólucro corporal e voava até "capturar" a semente de uma criança, voltando em seguida para o estaleiro.

Doença de mulher estava ligada a essa peculiaridade constitucional. O exemplo mais significativo é o da histeria, uma palavra que vem do grego "hysteros", útero. A mulher ficava histérica por causa do mau funcionamento uterino. Uma variante mais delicada era o "mal do amor", doença que começou a ser descrita no século XVII. Afetava mulheres jovens e belas (o caso de muitas modelos de Rembrandt, Frans Hals, Jan Steen e outros mestres holandeses), e manifestava-se por languidez, tristeza, acessos de choro, dor de cabeça, palidez e uma prostração que levava as moças a passar o dia no divã ou no leito. É claro que estamos falando da nobreza ou da classe média, porque camponesas ou trabalhadoras não podiam sofrer do "mal do amor" — tinham de dar duro. A doença era tratada com dieta, emplastros, remédios. Mas o medicamento mais adequado era o casamento. Comenta um personagem de Molière ao pai de uma jovem portadora do mal do amor: "Para os males de sua filha, o melhor remédio é um marido".

Mulher podia adoecer — mas não podia curar. Até o século XIX, a profissão médica estava praticamente vedada ao sexo feminino. Quando a Universidade de Edimburgo admitiu as primeiras alunas, a grita foi tal que a reitoria resolveu tomar providências — expulsando as jovens, consideradas culpadas de "provocação". Por esta mesma universidade formou-se o médico James Barry, que chamava a atenção por seu tipo físico delicado, e que era — descobriu-se quando de sua morte — uma mulher (foi enterrado como homem, para evitar o escândalo). Na Filadélfia, as mulheres optaram por criar a sua própria escola médica — malvista pelos profissionais homens, que viam nisso uma manifestação da *"pestis mulieribus"*, a peste das mulheres a atormentar o mundo.

No Brasil, as três primeiras médicas eram gaúchas: Rita Lobato (de Rio Grande), Ermelinda Lopes de Vasconcelos (de Porto Alegre) e Antonieta César Dias (de Pelotas). Quando Ermelinda recebeu o diploma (em 1888, ano da abolição da escravatura), o historiador Sílvio Romero escreveu uma crônica dizendo: "Esteja certo a doutora que seus pés de machona não pisarão o meu lar". Tempos depois, Ermelinda fez o parto da mulher de Romero. Uma boa resposta para o machista. Que a esta altura não se atreveria a escrever desaforos: as moças representam a metade dos médicos formados no Brasil.

Brigando contra a vacina

[13/11/2004]

Vamos supor que uma grande cidade brasileira esteja ameaçada pela epidemia de uma doença extremamente contagiosa, uma doença grave que, quando não mata, deixa as pessoas terrivelmente deformadas. Vamos supor também que de há muito exista uma vacina de eficácia comprovada contra a doença. Seria lógico supor que a população corresse em busca dessa vacina, certo?

Errado. Ao menos no caso do Rio de Janeiro em 1904, esta suposição revelou-se completamente equivocada, perigosamente equivocada. Os cariocas estavam ameaçados pela varíola, havia vacina, mas as pessoas não queriam se vacinar, estavam dispostas a morrer para não se vacinar, e demonstraram-no enfrentando as tropas do governo nas ruas, numa quase guerra civil que ficou conhecida como a Revolta da Vacina. Por quê?

A Revolta da Vacina teve um pivô, um alvo preferencial: Oswaldo Cruz, que, à época, ocupava o cargo equivalente ao do ministro da Saúde de hoje. Oswaldo Cruz era um cientista brilhante. Desde os tempos de estudante de medicina dedicara-se à microbiologia, área que conhecia como poucos. Era também um dinâmico administrador, responsável por campanhas bem-sucedidas contra várias outras doenças: a febre amarela, a peste bubônica. Por que razão um homem assim transformou-se no inimigo público número 1?

Por várias razões. Em primeiro lugar, e embora a vacina já fosse antiga, ainda havia muitas lendas a respeito. Dizia-se, por exemplo, que, como o líquido vacinal era extraído das lesões de vacas portadoras da varíola do gado (*"vaccinia"*), as pessoas vacinadas ficavam com cara de bezerro. O imunizante era gratuito, mas o atestado de vacina, obrigatório para obtenção de emprego, tinha de ser pago. Os vacinadores não eram muito hábeis; ao aplicar o imunizante em mulheres, consciente ou inconscientemente feriam o pudor delas (não esqueçam que isto ocorreu há um século, quando os costumes, mesmo no Rio, eram diferentes). Mais: havia uma feroz oposição ao governo Rodrigues Alves, do qual Oswaldo Cruz fazia parte, e que unia desde monarquistas até sindicalistas e anarquistas.

E finalmente havia o próprio Oswaldo Cruz, desde criança muito identificado com o pai, autoritário médico que trabalhou como inspetor de saúde pública. Autoritarismo, naquela época, era a regra, mesmo no Brasil, e Oswaldo não se constituiu em exceção. Seu raciocínio era simples: existe a ameaça da doença, existe a vacina, e as pessoas vão se vacinar, queiram ou não. Motivação era uma palavra que não entrava nesse raciocínio, mesmo porque seria difícil motivar pessoas numa época em que não existia rádio nem TV e em que a imprensa era quase toda contra as campanhas sanitárias. O jeito seria trabalhar diretamente com a comunidade, através de paróquias, de sindicatos, de associações de bairro, dos terreiros de candomblé. Oswaldo, aparentemente, nem cogitou isso, ainda que a Diretoria de Saúde Pública tenha elaborado um folheto para ser distribuído à população: longo folheto, escrito em linguagem complicada e inútil para os analfabetos, que eram a maioria da população.

O resultado foi o que se viu, e a lição ficou. Não dá para vacinar pessoas como se vacina o gado. E não basta conhecer as doenças. É preciso conhecer os seres humanos, e levar em conta suas aspirações e também os seus temores.

Médicos ou monstros?

[14/05/2005]

Há exatos sessenta anos terminava a Segunda Guerra Mundial, mas filmes como A *queda*, sobre os últimos e enlouquecidos dias de Adolf Hitler, mostram que o espectro do nazismo ainda nos acompanhará, e nos perturbará, durante muito tempo. A crueldade do regime hitlerista não foi só obra do ditador e de seus comparsas. Muitos outros participaram nos crimes de guerra, médicos inclusive. O levantamento de sua atuação nos campos de extermínio representa um dos capítulos mais sombrios da história da medicina e da história da humanidade.

Não foram poucos os médicos nazistas, mas o mais conhecido talvez seja Josef Mengele, responsável pela morte de milhares de pessoas. Um exemplo: quando se constatou que um pavilhão de mulheres no campo de Auschwitz estava infestado de piolhos, Mengele resolveu o problema mandando as 750 ocupantes para a câmara de gás. Num episódio famoso, discutiu com colegas acerca do diagnóstico de um menino judeu: era ou não tuberculose? Para esclarecer a dúvida, o pequeno paciente foi morto na hora e uma necrópsia realizada (ao contrário do que Mengele pensava, não era tuberculose, e ele admitiu o erro). Mengele também tentava mudar a cor dos olhos de suas vítimas injetando substâncias nos globos oculares. Já Heinrich Berning, professor de medicina na Universidade de Hamburgo, matava prisioneiros russos de fome para estudar os efeitos da desnutrição. Carl Clauberg injetava substâncias cáusticas no útero de prisioneiras para tentar esterilizá-las. Sigmund Rascher queria estudar os efeitos da altitude no sistema nervoso. Para isto, abria o crânio dos prisioneiros vivos a fim de observar o que acontecia no cérebro.

Os nazistas também tinham um interesse especial em venenos (ao final da guerra vários se suicidaram desta maneira), e muitos prisioneiros serviram de cobaias para teste de substâncias venenosas.

A maior parte destes grotescos experimentos não tinha o menor embasamento científico. Às vezes correspondiam a inclinações mórbidas dos médicos, como foi o caso de um dr. Wagner, do campo de Buchenwald, que, interessado em tatuagens, matava prisioneiros tatuados para colecionar suas peles.

Dezenas de médicos estavam envolvidos nesses procedimentos monstruosos, mas só 23 foram julgados no Tribunal de Nuremberg para crimes de guerra. Sete receberam a pena de morte, mas, dos outros, alguns até voltaram a exercer a medicina. Clauberg, depois de passar alguns anos na prisão, foi solto e se vangloriava publicamente de suas "pesquisas". Finalmente, e depois de muitos protestos de sobreviventes, foi preso de novo.

Médicos insensíveis e cruéis não existiram apenas no regime nazista. No condado de Tuskegee, Estados Unidos, foi conduzido um experimento verdadeiramente desumano: pacientes com sífilis foram deixados sem tratamento para ver como evoluíam as lesões da doença, que, no entanto, já eram perfeitamente conhecidas. E aqui na América Latina não foram poucos os médicos que ajudavam as ditaduras, acompanhando os torturadores em seu "trabalho".

Estas coisas lembram-nos o título da obra de Robert Louis Stevenson *O médico e o monstro*. O dr. Jekyll transformava-se no repulsivo Mr. Hyde. Os médicos de regimes totalitários simplesmente rejeitavam os princípios da profissão. É a mesma coisa. É a realidade imitando a ficção.

Doação

[09/07/2005]

A palavra doação tem um duplo sentido, o que não deixa de ser algo muito simbólico. De um lado, estamos falando no ato de transferir a outra pessoa um órgão ou um tecido que pode salvar a vida desta pessoa. De outro lado, a pessoa que se doa é aquela que se dedica por completo a cuidar de seu próximo. Agora vejam como é interessante a história de um homem que se doou à causa da ciência e que esteve presente no primeiro transplante cardíaco da história.

Este homem, falecido há pouco mais de um mês, chamava-se Hamilton Naki. E ele teve uma vida insólita, extraordinária, para dizer o mínimo. Nascido (1926) numa pequena aldeia da África do Sul, aos catorze anos Naki entrou na Universidade da Cidade do Cabo, na única condição em que um jovem negro nos tempos do apartheid poderia ser admitido em uma universidade sul-africana: como empregado. Jardineiro, estava encarregado da manutenção das canchas de tênis e dos gramados. Um dia Robert Goetz, professor da Faculdade de Medicina, precisou de ajuda para operar uma girafa (não deve ser fácil segurar um bicho desses), e Naki foi requisitado para tal. Saiu-se tão bem que, a partir daí, ficou auxiliando na cirurgia de animais. Mais do que isto: sua enorme habilidade foi reconhecida. Tratava-se de uma dessas raras vocações para a cirurgia, que poderia transformá-lo num expoente da técnica operatória.

Mas Naki era negro. Não poderia ingressar como aluno na Faculdade de Medicina, não poderia sequer entrar no anfiteatro cirúrgico, um recinto só para brancos. Quando o famoso cirurgião Christiaan Barnard retornou dos Estados Unidos e começou a desenvolver as técnicas de transplante cardíaco, Naki tornou-se seu assistente. Foi Naki quem retirou do tórax da jovem Denise Darvall, vítima de um fatal acidente de carro, o coração que seria transplantado para Louis Washkansky em dezembro de 1967. Barnard mostrou-se grato por essa ajuda, mas o papel de Naki não foi reconhecido. Na única foto da equipe cirúrgica em que apareceu, foi identificado como faxineiro do hospital. Por fim, e mesmo sem diploma, obteve licença para operar e dar aulas. Treinou assim cerca de 3 mil futuros cirurgiões. Recebeu o título de doutor *honoris causa*, mas aposentou-se com salário de jardineiro.

Outro talvez se tornasse um ressentido, um inconformado. Não Naki. Ele era bom demais para isso. Tendo vivenciado a transcendente experiência do transplante de coração, continuou a se doar. Criou um serviço ambulatorial que ajudava pessoas pobres e até sua morte trabalhou ali. Também ajudava uma escola para crianças negras. Conclusão: a doação não é apenas o nome de um procedimento técnico-cirúrgico. Doação é uma maneira de viver pensando nos outros, auxiliando-os sempre que possível. Hamilton Naki foi um exemplo de doação. É uma história que vale a pena lembrar.

Biologia e preconceito: o caso da síndrome de Down

[09/09/2006]

Há 140 anos, em 1866, um médico inglês chamado John Langdon Down (este sobrenome quer dizer "para baixo" e é, como vocês já verão, muito significativo), que trabalhava numa instituição para crianças com retardo mental, publicou um trabalho intitulado, acreditem ou não, "Uma classificação étnica dos idiotas" (idiotas e imbecis era a maneira como os médicos de então se referiam a crianças com déficit intelectual). No artigo, Down descrevia um grupo de jovens pacientes que tinham características em comum (incluindo a conformação do globo ocular) e que ele rotulou como "mongoloides". Termo infeliz, duplamente depreciativo: para as crianças, em primeiro lugar, e para o povo da Mongólia. Devemos lembrar que, à época, o colonialismo britânico estava no auge, e muitos povos da África, da Ásia e da América eram considerados "inferiores", inclusive e principalmente do ponto de vista do desenvolvimento intelectual. Por incrível que pareça, o termo continuou em uso até os anos 1970, quando, depois do protesto de pesquisadores asiáticos, foi abolido. Passou a se falar então em síndrome de Down. Em

1959, dois pesquisadores, Jérôme Lejeune e Patricia Jacobs, trabalhando de forma independente, mostraram que a causa da síndrome era a trissomia, ou seja, a triplicação do cromossomo número 21 (lembrando que os cromossomos são os portadores dos genes, nos quais está a nossa carga hereditária). "Trissomia 21" é, pelo menos, um termo mais neutro.

O raciocínio de John Langdon Down exemplificava um posicionamento científico, e sobretudo político, que teve vigência durante muito tempo. Esta escola de pensamento se baseava no evolucionismo darwiniano e partia do princípio de que, assim como houvera uma evolução das espécies animais, existia uma evolução das "raças" humanas, algumas estando ainda numa escala inferior do processo. Isto também podia acontecer com pessoas. Assim, os jovens a quem o médico estava vendo tinham tido uma "parada" em seu desenvolvimento intelectual, o que os tornara semelhantes a pessoas das "raças inferiores": os mongóis, no caso. Mas os mongóis não eram os únicos: os negros também estariam nesta situação, mais próximos dos primatas do que dos brancos europeus, considerados o auge da escala evolutiva. O apelido de "macaquitos" dado aos negros em países da América Latina é uma decorrência desse preconceito.

Vocês pensam que isto é coisa do passado? Estão enganados. Ainda em 1994, dois pesquisadores, Murray e Herrnstein, publicaram um livro chamado *The Bell Curve*, a respeito do quociente de inteligência (QI) em brancos e negros. Nestes, o QI é cerca de quinze pontos menor, o que levou os dois autores a concluir que os negros são mesmo intelectualmente inferiores aos brancos. Mas outros cientistas ponderaram que: 1) não está provado que o QI esteja de fato correlacionado à capacidade cognitiva; 2) ninguém sabe até onde pesam as influências culturais — afinal de contas, o teste do QI foi bolado por pesquisadores brancos para se adequar à realidade vivida por eles.

A gente podia pensar que, depois do nazismo, do apartheid e da Ku Klux Klan, essas coisas estariam superadas. Mas há tolices que duram muito. O preconceito contra os portadores da trissomia 21 sobreviveu por cerca de cem anos. O que não tem nada a ver com cromossomos ou cor da pele. É burrice mesmo.

Médicos nas barricadas

[01/09/2007]

A recente greve dos médicos no Nordeste provocou muita controvérsia, sobretudo porque se choca contra a tradicional concepção da medicina como sacerdócio: o doutor seria uma pessoa que se dedica exclusivamente aos outros, esquecendo de si próprio, inclusive no que se refere ao salário. Quando os médicos reivindicam da mesma forma como o fazem outras profissões, o espanto é geral.

Mas deve-se dizer que médicos não raro participam, sim, em movimentos sociais, inclusive em movimentos de caráter francamente revolucionário. Jean-Paul Marat, um dos líderes da Revolução Francesa, era médico, um dos pioneiros no uso da eletricidade em medicina. Abandonou suas pesquisas para dedicar-se à política, o que, aliás, lhe custou a vida: foi assassinado pela filha de um adversário que mandara à guilhotina (inventada por um médico, o dr. Guillotin). Rudolf Virchow, o pai da patologia, lutou nas barricadas da revolução de 1848 na Alemanha e fez também carreira política. E temos a história de Ernesto Che Guevara, que abandonou a profissão para tornar-se guerrilheiro, primeiro em Cuba, depois em outros países, terminando na Bolívia, onde foi executado.

Aqui em Porto Alegre tivemos um exemplo de médico revolucionário: João Carlos Haas Sobrinho. Nascido (1941) em São Leopoldo, João Carlos foi um aluno brilhante dos colégios São Luiz, de São Leopoldo, São Jacó, de Novo Hamburgo, e Anchieta, de Porto Alegre. Em 1959 ingressou na Faculdade de Medicina da UFRGS. Lembro dele como um colega sério, digno e muito atuante. Presidiu o Centro Acadêmico Sarmento Leite e formou-se em 1964, o ano do golpe militar, que mudou sua vida. Membro do Partido Comunista do Brasil, João Carlos viajou para a China e, ao regressar, exerceu a medicina por algum tempo, antes de aderir à luta armada. Participou na guerrilha do Araguaia e acabou sendo morto em combate, a 30 de setembro de 1972, na localidade de Piçarra, próxima a Xambioá. Como aconteceu com Che Guevara, seu corpo, crivado de balas, foi exposto na delegacia de Xambioá, as mãos amarradas, uma perna estraçalhada pelas balas, o ventre costurado com cipó. O objetivo era, segundo uma autoridade da época, "advertir" a população.

Pergunta: o que leva médicos a deixar consultórios, postos de saúde, hospitais para participar numa luta mais ampla? Os motivos são vários e complexos, mas podem estar em parte ligados à própria opção profissional. O médico é alguém que trata do corpo do paciente. O político e o revolucionário querem curar o corpo social. E curar o corpo social pode, em determinadas circunstâncias, incluir a luta armada. Durante um confronto com o exército, em Sierra Maestra, Guevara largou sua mochila com material médico para pegar uma caixa de munições que um companheiro deixara cair; algo que ele viu como um símbolo de transformação: o médico agora era um combatente. Mais tarde, porém, reconheceria que luta armada não é tudo, que a medicina social é um componente importante na transformação da sociedade. Como realizar esta transformação de forma sábia e equilibrada é o problema. Para o qual os livros de terapêutica não têm nenhuma resposta.

Pequenas ressurreições

[22/03/2008]

A ressurreição de Cristo, que a Páscoa celebra, representou e representa um poderoso apelo à crença, um apelo que até os agnósticos podem avaliar. Isso porque a inevitabilidade da morte é causa de uma verdadeira angústia existencial, contra a qual o cristianismo oferece um eficaz antídoto. Mais do que um consolo, a ressurreição representa um triunfo, o triunfo que levou o apóstolo São Paulo a indagar, na Primeira Epístola aos Coríntios: "Ó morte, onde está o teu aguilhão?".

Uma pergunta que médicos e estudantes de medicina não podem fazer. Poucas profissões lidam tanto com a morte, um desfecho sombrio que muito cedo é introduzido na rotina do aprendizado profissional. O estudo da medicina começa pela anatomia, e neste estudo o cadáver é um elemento essencial. Coisa, aliás, relativamente recente: até o fim da Idade Média, os médicos não conheciam o corpo humano por dentro, porque não dissecavam cadáveres. De nada lhes adiantaria conhecer a localização do baço, porque não sabiam o que faz o baço (na verdade, achavam que o baço era o depósito da chamada bile negra, causa da melancolia). Mas, à medida que o conhecimento foi progredindo, anatomia tornou-se essencial, e também os cadáveres, que, antes da refrigeração, deterioravam-se rapidamente e tinham de ser substituídos — uma demanda que acabou gerando um movimentado comércio. No século XIX, dois irlandeses que viviam em Edimburgo, William Hare e William Burke, ganharam muito dinheiro roubando e vendendo cadáveres. Quando a "mercadoria" escasseou, partiram para o crime, matando os sem-teto que encontravam. Liquidaram assim trinta pessoas até serem presos.

Depois da anatomia vem a fase clínica, e aí a ocorrência da morte é ainda mais dolorosa. O estudante de medicina vê expirar aquele paciente de quem ele ajudou a cuidar, que pode inclusive ser uma criança. Fica claro que, apesar de todos os progressos da medicina, a morte e seu aguilhão têm a palavra final. O desânimo, quando não a depressão, invade muitos jovens, e é até surpreendente que não abandonem o curso. Aos poucos, contudo, uma ideia vai surgindo, resumida na expressão que dá título a este texto: "pequenas ressurreições". Sim, a morte é o resultado último, e a medicina não pode vencê-la, mas pode obter vitórias parciais. E aí, ver um paciente que estava numa situação muito grave recuperar-se e voltar a sorrir, grato, representa o decisivo impulso de que a pessoa precisa nesta dura profissão. A grande ressurreição pertence à esfera divina. Mas as pequenas ressurreições estão ao nosso alcance, nos ajudam a acreditar, nos ajudam a lutar, nos ajudam a viver.

Queixas de médicos

[08/11/2008]

Recebi, via internet (esta verdadeira caixa de ressonância da nossa cultura), um curioso texto intitulado "Como enlouquecer um médico em doze lições". Contém coisas do tipo: "Comece a consulta reclamando da demora, mesmo que tenha sido atendido rapidamente. Depois, diga ao médico que ele é o décimo terceiro que você procura e que você só quer mais uma opinião, pois não confia muito em médico. Diga também aquela frase clássica: 'Cada médico fala uma coisa'". E: "Nunca responda diretamente às perguntas. Caso ele pergunte se você teve febre, diga que teve tosse. Conte tudo detalhadamente, começando, se possível, desde quando você ainda era criança". Ou ainda: "Leve sempre três crianças com você (nem precisam ser seus filhos), especialmente aquelas que mexem em tudo, sobem nos móveis, ficam fazendo perguntas no meio da consulta. Combine previamente com uma delas para quebrar o termômetro do médico".

Querem mais? "Quando o médico estiver se despedindo de você, na sala de espera, diga bem alto, para outros ouvirem também: 'Vamos ver se agora o senhor acerta!'." E, ao voltar: "Inicie com: 'Estou pior do que antes'. Aproveite para incluir, no relato, novas queixas. Diga que você passou por um farmacêutico, muito antigo e muito conceituado no bairro onde sua tia mora, e ele resolveu trocar os remédios". Uma alternativa para o consultório: "Descubra onde seu médico dá plantão à noite, e só passe a procurá-lo lá. Dê preferência a hospitais públicos, onde ele não ganha por ficha de paciente". O coroamento: "Diga que não concorda nem com o diagnóstico nem com os medicamentos que ele está indicando. E que você tem a sorte de ter um farmacêutico amigo".

O texto, como muitos outros que circulam na rede, é anônimo. Mas certamente foi escrito por um médico ou por alguém que está muito familiarizado com a prática médica, porque se refere a situações reais, a problemas que provavelmente incomodam muitos profissionais. Mas a maneira como isto é feito preocupa. Porque sugere uma situação de latente hostilidade entre médicos e pacientes. E isto, numa situação em que todos os esforços devem convergir para um objetivo comum, é, para dizer o mínimo, preocupante.

O médico sabe como deve atender o paciente. Pelo menos é treinado para isso nas escolas de medicina. Pergunta: deveria ser o paciente também "treinado" para consultar o médico? Indagação mais que pertinente: com as pessoas cada vez mais informadas (inclusive pela internet), não são poucos aqueles que vão ao consultório já com dúvidas e perguntas, às vezes escritas num pedaço de papel (era o famoso *malade au petit morceau de papier* dos clínicos franceses). Mas, a julgar pelo texto, providências, quando tomadas, mais atrapalham que ajudam. Que fazer, então?

Nenhum paciente precisa receber um curso sobre como consultar o médico. Mas seria muito útil se o paciente soubesse aquilo que o médico espera dele para ajudar no diagnóstico e no tratamento. Quem pode transmitir estas informações ao paciente? Só o próprio médico. Não se trata de estabelecer regras, não se trata de doze lições; trata-se apenas de informar, com franqueza, precisão e sobretudo afeto, aquilo que ajuda e aquilo que atrapalha. E aí certamente textos anônimos sobre o assunto não precisarão circular por aí.

III. MEMÓRIAS DE UM MÉDICO

No limiar da existência

[03/06/1995]

De duas maneiras um médico pode falar acerca da Unidade de Tratamento Intensivo. Ele pode dar um depoimento profissional; pode descrever a agitada vida do intensivista, que é o especialista em pacientes graves. E pode, ocasionalmente, dar sua visão como paciente. Meu caso. Há pouco mais de dois anos, dei entrada no Pavilhão Pereira Filho, com um quadro grave: nove costelas quebradas, derrame de sangue no tórax, bacteriemia. Não havia dúvida quanto ao lugar para onde eu me destinava. A UTI é um lugar muito peculiar. Os hospitais estão mudando e, nos estabelecimentos mais sofisticados, às vezes fica difícil diferenciar o quarto em que está o paciente da suíte de um hotel de luxo. Tudo aquilo que evoca enfermidade é habilmente disfarçado, de modo que as pessoas podem até esquecer onde estão.

Não na UTI. Ali não há nenhuma dúvida: estamos no limiar da existência, naquele lugar em que médicos, enfermeiros, auxiliares travam o que pode ser o derradeiro combate contra a morte. E, porque é campo de batalha, tudo — o conforto, a estética, a privacidade — é sacrificado em benefício da eficiência. Não há frescura na UTI. Não pode haver frescura. A UTI nem faz parte da realidade habitual; como uma nave espacial, ela flutua acima da realidade terrena. O próprio tempo ali parece ter se detido: as luzes brilham, implacáveis, dia e noite. Mesmo que as pálpebras se fechem, os ouvidos continuam captando os sons da UTI: o zumbido das máquinas, o diálogo apressado dos profissionais. E os gemidos. Os gemidos, a respiração arquejante, os gritos. O sofrimento humano ali se faz ouvir constantemente. "Deixai de lado toda a esperança, ó vós que entrais", escreveu Dante à porta de seu Inferno. A UTI não é o inferno dantesco; ao contrário, ela representa, para muitos, a derradeira esperança. O que deixamos à porta da UTI é a nossa vaidade, o nosso orgulho, a nossa ocasional arrogância. E sabemos disto. Sabemos como ali ficamos. Nas palavras do escritor e poeta Raymond Carver: "Fios por toda parte. Tubos no nariz". Não é um lamento: *Try not to be scared of me, friends*", pede Carver em seguida. Não se assustem, amigos, é assim mesmo. Desta coragem precisamos ao entrar na UTI. É a coragem que nos coloca ao lado dos profissionais que brigam por nós. Com coragem vamos superando tudo, inclusive o horror que é ver outros morrendo diante de nós. É preciso brigar, brigar furiosamente por nossa migalha de vida, por menor que seja. A coragem é até capaz de nos fazer felizes. E será com um sorriso, pálido sorriso, que um dia emergiremos, fracos e trôpegos, da UTI. Para trás ficam os tubos, os fios, os frascos de soro, os respiradores. Diante de nós — novamente — a vida.

Há algum médico a bordo?

[02/09/1995]

Poucas coisas devem ser mais desconfortáveis para um médico do que, estando ele a bordo de um avião (de um navio é menos provável), ouvir pelo alto-falante o pedido: "Se há algum médico a bordo, por favor, se apresente". É certo que não se trata de nenhuma homenagem. Ao contrário, provavelmente é galho, um problema que não será fácil de resolver. Em primeiro lugar, os aviões têm o desagradável hábito de trafegar muito acima da terra firme, onde ficam os hospitais e os ambulatórios. Depois, o equipamento de que dispõem é necessariamente restrito. Ninguém esperará encontrar ali um eletrocardiógrafo, ou mesmo um esfigmomanômetro.

Mas, mesmo contando apenas com o raciocínio e as mãos nuas, o médico não pode se omitir. Ele tem de se levantar e acenar, desamparado, para a aeromoça.

Foi o que aconteceu comigo num voo Porto Alegre-Rio. "Se há algum médico a bordo..." Olhei ao redor: não, não havia médico nenhum, ou pelo menos nenhum médico disposto a assumir sua condição. Mas sempre é melhor um médico de saúde pública do que nenhum médico (e quero dizer que os sanitaristas frequentemente compensam com o bom senso resultante de sua visão global o que lhes falta em conhecimento), de modo que me apresentei.

Felizmente, não era coisa grave: uma senhora com um pouco de pirose (azia, para falar a verdade). Ela mesma fez o diagnóstico, informando que a sua hérnia de hiato de vez em quando incomodava. Havia antiácido na pequena farmácia do avião, de modo que minha intervenção médica terminou com êxito estrondoso.

Nem sempre as coisas são tão fáceis. Não em manuais médicos, mas em revistas de divulgação às vezes aparecem histórias de situações angustiantes. Há uns anos, um médico russo, a bordo de um submarino, operou a si mesmo de apendicite, o que deve exigir uma coragem monumental. Num submarino ocorreu uma outra apendicectomia: foi na Segunda Guerra Mundial, e quem fez foi o enfermeiro de bordo, orientado pelo rádio pelos médicos da base.

Por isso é que é bom contar com médico a bordo. O que lembra a história daquela mãe judia que, em pleno voo, levantou-se, gritando: "Um médico! Há algum médico a bordo?". Levantou-se um doutor e veio correndo: "Eu sou médico, minha senhora. O que é?". E ela, sorridente, mostrando a filha: "Ah, doutor, se o senhor soubesse que noiva eu tenho aqui para o senhor...".

A emoção da emergência

[27/04/1996]

Todo trabalho médico envolve uma dose de emoção, mas em nenhum caso ela é mais alta do que no atendimento de urgência. Os plantonistas conhecem esta situação. No meio da noite, alguém bate insistentemente à porta: depressa, doutor, é um caso urgente. E aí é preciso saltar da cama e vestir-se precipitadamente e lavar o rosto com a esperança de que a água fria restaure a capacidade de raciocínio embotada pelo sono, e então sair e encontrar na maca um baleado, um esfaqueado, uma mulher que se retorce em dores, uma criança que mal respira. A urgência é mais que uma forma de atendimento, é um modo de viver estressante, frenético, onde a rotina mencionada nos livros jamais existe.

É raro o médico que não tenha passado por um serviço de urgência. Quando eu era estudante de medicina, fazia-se, mediante concurso público, um estágio de dois anos no extinto Samdu, Serviço de Assistência Médica Domiciliar e de Urgência. Fui designado para um posto na Grande Porto Alegre. Antes mesmo de entrar na escala de plantões, resolvi ir até lá para conhecer o lugar. Era uma casinha velha e acanhada, cheia de gente, que estava esperando desde a madrugada. Procurei o médico-chefe e perguntei quem estava de plantão. "Tu", foi a pronta resposta, e este foi o meu batismo de fogo no serviço de urgência.

Além dos pacientes que vinham ao local, era preciso atender dezenas de chamados em domicílio. A ambulância era velha e quebrada, de modo que estávamos sempre atrasados, para grande angústia e irritação das pessoas que chamavam. Uma tarde, depois de atender a numerosos desses chamados, regressei ao posto, exausto. O funcionário me esperava na porta, alarmado: alguém tinha se afogado no rio, deveríamos ir lá imediatamente. Voltei para a ambulância e dirigimo-nos para o local.

Uma multidão se concentrava ali, em torno a um corpo na margem. Bastou-me um olhar para verificar que o homem estava morto há horas, quem sabe há dias. Mas isto não era suficiente: "Faz alguma coisa, doutor", segredou-me o experiente motorista, "ou seremos linchados".

Fazer alguma coisa? A ressuscitação ali era apenas pró-forma, mas eu procederia como tinham me ensinado: massagem cardíaca e respiração boca a boca. Junto ao grupo estava um cabo, acompanhado de um soldado. Eu disse ao militar que faria a massagem e pedi o seu auxílio para a respiração boca a boca. O homem olhou-me, horrorizado, mas teve presença de espírito: "Soldado", comandou, "faça o que o doutor pede". O soldado não tinha em quem mandar, de modo que não lhe restava outro remédio senão obedecer. Perguntou somente se podia usar o lenço para evitar um contato direto. Eu disse que sim. Quem reclamaria, além do morto?

Fizemos a rápida encenação, depois partimos. O que ficava para trás era um retrato da assistência médica no Brasil: muito pouco, muito tarde, e, às vezes, muito ridículo.

Histórias de médico em formação

[25/07/1998]

Eu ia a pé para a Faculdade de Medicina. Descia a rua João Telles, atravessava a Redenção, passando pelo cercado dos búfalos (sim, já houve búfalos na Redenção. Onde estarão? No céu dos búfalos, provavelmente), e entrava no prédio. A entrada principal era imponente: escadaria de mármore, balaustrada de ferro trabalhado e o busto do fundador, Sarmento Leite, a nos mirar severamente. A entrada dos fundos era banal, uma simples escadinha que levava quase que diretamente ao bar do centro acadêmico. Mas o importante era a grande porta da rua Sarmento Leite. Entrando por ela, já éramos meio médicos. O Meneghini, que sabia tudo sobre esse prédio, contou-me que foi projetado originalmente para ser um teatro. Deve ser verdade: algo de teatral permanecia ali, naquelas salas de pé-direito muito alto, nos corredores com suas grandes janelas e, sobretudo, no Salão Nobre — onde, a propósito, fiz o vestibular. Tudo ali parecia nos assegurar de que estávamos ingressando numa carreira muito séria.

Mas nós éramos jovens, pouco mais do que adolescentes, e a seriedade não resistia muito à nossa irreverência. E ao nosso inconformismo: no centro acadêmico, vivíamos em assembleias e reuniões, naqueles anos agitados que precediam o golpe de 64. Nós queríamos mudar. Queríamos mudar a faculdade, a profissão médica, o país, o mundo. Sucediam-se os discursos exaltados e os artigos idem, publicados em *O Bisturi*, que era o jornalzinho do Centro Acadêmico Sarmento Leite. Ali apareceram vários dos meus primeiros contos. No ano da formatura, reuni-os num pequeno livro com o inepto título de *Histórias de médico em formação*. Eram histórias indignadas, generosas, mas irremediavelmente ruins. A obra jamais foi reeditada.

Só parte de nossa vida de estudantes girava em torno da faculdade. Na verdade, o nosso sonho era — literalmente — subir. Subir a ladeira, isto é, rumo à avenida Independência. Era na Santa Casa, no hospital, que nos realizaríamos profissionalmente. Ali estavam as enfermarias (a 29, do professor Rubens Maciel, era famosa), os ambulatórios, as salas de cirurgia, os laboratórios — os pacientes. A casa de Sarmento era o trampolim que nos projetaria para aquelas alturas. Necessário trampolim, interessante trampolim às vezes, aborrecido trampolim outras vezes, mas trampolim de qualquer forma, dispositivo necessário para o grande salto, mas dispositivo a ser abandonado após o salto. Depois dos primeiros dois anos de curso, frequentávamos cada vez menos a faculdade. Certo, havia um grupo que nunca abandonava a biblioteca, augusto reduto do saber médico; e havia outro grupo que retornava sempre ao centro acadêmico, pelas razões já mencionadas. Mas, de maneira geral, já estávamos longe da casa de Sarmento. Longe no espaço, longe no tempo.

* * *

Penso nisso e me dou conta de que gostaria de refazer essa trajetória ao contrário. Voltar à faculdade e caminhar de novo pela Redenção em direção ao bairro do Bom Fim, encontrar lá as pessoas que olhavam com admiração o jovem estudante de medicina. E isso me lembra um incidente.

Uma tarde, descendo a rua João Telles a caminho da faculdade, fui mordido por um cachorro. Era um cãozinho pequeno, e o ferimento não era grande coisa, de modo que não dei importância ao fato, mesmo porque já estava atrasado. Mais tarde, no centro acadêmico, contei a história — não sou um contador de histórias? — aos colegas. Um deles, que morava na rua João Telles, arregalou os olhos: ele também tinha sido atacado pelo mesmo cão, mas depois de mim. Sua reação fora diferente: puxara o revólver e matara o animal na rua mesmo.

Aquilo me precipitou num inferno astral. Com a suspeita de que o cão estivesse raivoso, meus professores aconselharam a vacina antirrábica. Tive reações horrorosas, precisei tomar medicamentos que me deram outras reações — enfim, um sofrimento medonho. Mas que era, de alguma maneira, uma introdução ao sofrimento alheio (e também, acho, à saúde pública). Ou seja: na rua aprendi algo importante. E é por isso que precisamos refazer constantemente nossa trajetória e passar de novo pelas ruas que nos contam histórias.

Ciência e ficção

[11/09/1999]

Esteve em Porto Alegre Brian Weiss, o homem da terapia das vidas passadas, que é a última moda em matéria de terapias alternativas na área psi. O dr. Weiss jura que seu método funciona. Mais ainda, diz que antes era um médico de formação científica, cético em relação a procedimentos desse gênero. Mas aí viu a luz, por assim dizer, e converteu-se em um ardente defensor dessa peculiar forma de reencarnação. Pacientes não faltam, e os livros do dr. Weiss estão cheios de casos que, naturalmente, confirmam suas ideias. Essas pessoas descobrem que, em vidas passadas, está a causa de seus males. Na maioria das vezes foram príncipes, nobres, potentados — pelo jeito, ninguém regride no tempo para dar duro como operário ou camponês. Uma dúvida que me ocorre é: como são cobrados os honorários? Serão eles proporcionais ao tempo de regressão, alguém que volta à Idade Média pagando mais do que alguém que chega apenas à Revolução Francesa?

Estranhas terapias não são novidade. Wilhelm Reich, comunista e *soi-disant* psicanalista, inventou uma coisa chamada "cai-

xa de orgônio", um compartimento no qual o paciente entrava
para receber certas emanações. Mais recentemente surgiu a terapia do grito primal: o paciente tinha de soltar um grito que, supostamente, seria libertador.

Essas coisas podem ser engraçadas, mas representam um problema. Alguém que se diz neurocirurgião só enganará o público até tentar abrir o primeiro crânio. Mas alguém que se diz terapeuta tem ampla autonomia. As pessoas que podem depor a respeito são os pacientes, e os pacientes, nesse tipo de terapia, e literalmente, nunca têm razão — afinal, se são neuróticos, é porque a racionalidade deles foi derrotada pelos problemas emocionais.

Notem bem: eu não duvido que a terapia das vidas passadas funcione. Assim como Freud trabalhava com os sonhos dos pacientes, é possível trabalhar com fantasias, tais como regredir no tempo e viver o papel de rei, por exemplo. O que eu duvido é que as pessoas tenham tido essa outra vida.

Isto, como médico. Agora, como escritor devo dizer que me beneficiei da ideia. Acabei de escrever uma novela, narrada na primeira pessoa, em que a personagem é uma das esposas do rei bíblico Salomão. Como o rei não consegue cumprir seus deveres conjugais — a moça, apesar de inteligente, é muito feia —, ocorre-lhe dar a ela uma missão: escrever um livro que conte a história do povo judeu. Ou seja, a obra precursora da Bíblia. Meu problema era o seguinte: o livro é escrito em nosso idioma, com expressões de gíria etc. Como compatibilizar isso com o fato de que a ação se passa há 3 mil anos? Simples: a esposa de Salomão é, na verdade, uma paciente em terapia de vidas passadas. Se não serve para a ciência, serve para a ficção. Obrigado, doutor.

Depois do trauma

[08/04/2000]

A palavra "trauma" tem, em medicina, um duplo uso. Um, clássico, refere-se ao agravo físico: trauma torácico, trauma craniano. O outro, introduzido por Freud, diz respeito à dimensão psicológica. Trata-se de uma vivência de tal intensidade que supera nossa capacidade de elaboração psíquica. Para Freud, o trauma ocorre sobretudo na infância e é de natureza sexual, mas outro enfoque surgiu à época da Primeira Guerra Mundial, quando foi descrito o *"shell shock"*, o choque do obus. Soldados, mesmo sem ferimentos, entravam num estudo de estupor psíquico que foi rotulado como "neurastenia traumática".

Frequentemente, o trauma físico se acompanha do trauma psicológico. Isso é mais evidente com lesão cerebral, mas mesmo na ausência desta uma situação traumática pode emergir.

Em 1993 tive um grave acidente de automóvel, que me levou primeiro ao pronto-socorro e depois à UTI do Pavilhão Pereira Filho, de onde, graças ao trabalho de uma notável equipe, saí são e salvo.

Mas o trauma, descobri depois, tem sombrios efeitos retardados. Mais do que explicáveis. Depois de um acidente assim, costuma-se dizer, a gente nasce de novo. Mas quem disse que nascer é fácil? Nascer é traumático. Somos expulsos do quente e protetor útero materno para um mundo hostil e frio. Nascemos chorando e tremendo.

Depois de um grave acidente a insegurança se apossa de nós. A visão do meu carro reduzido a um montão de ferragens (uma visão, diga-se de passagem, que só tive por fotos) era particularmente apavorante. De repente, eu descobria que, na direção, estamos sempre a milímetros (ou frações de segundo) do desastre.

Restabelecido, eu não conseguia dirigir de novo. Mas então uma noite meu filho ficou doente, e eu precisava ir à farmácia para buscar um remédio (ou escolher um similar — coisa que, de qualquer modo, só eu poderia fazer). E aí decidi. Com enorme esforço venci aqueles poucos quarteirões. Desde então, tenho dirigido, mas já não sou mais aquele adolescente que adorava carro. Perdi um importante mecanismo psicológico que é o da negação, um mecanismo que nos permite enfrentar o cotidiano. É graças à negação, por exemplo, que embarcamos despreocupados num avião. Sabemos que o avião pode cair, e sabemos que esses desastres são pavorosos, mas simplesmente negamos essa possibilidade. Os que não conseguem negá-la passam muito mal.

Minha negação já não funciona. O que vejo nas ruas é um perigo atrás do outro: motoristas imprudentes, motoristas ineptos, motoristas neuróticos descarregando sua frustração no volante. Em suma, perdi a inocência infantil que transformou o carro no sonho maior da sociedade industrial. E inocência perdida não se recupera. O trauma é uma rua de mão única.

Último suspiro

[11/11/2000]

Nos Estados Unidos, um país onde muitas coisas estranhas acontecem, algumas pessoas (ricas, naturalmente) fazem uma bizarra aposta na medicina do futuro. Mediante documento, e mediante polpudos pagamentos, confiam seus corpos a empresas especializadas em preservar cadáveres às baixíssimas temperaturas do nitrogênio líquido. E morrem esperando que um dia, num tempo ainda remoto, doutores possam de novo trazê-los à vida.

Os médicos, em geral, são céticos a respeito. Apesar dos imensos progressos, apesar das grandes conquistas, a morte continua sendo uma inevitabilidade. Uma derrota, amarga e inexorável. Que se reflete na face dos profissionais que presenciam o instante derradeiro, o instante em que os aparelhos são desligados. O que se vê nesses rostos é a exaustão, a tristeza, a amargura. Lágrimas, não; a morte é tão frequente no cotidiano médico que o pranto é raro.

O último suspiro. Eloquente, esta expressão: nós nos despedimos da vida com um suspiro. Suspiro de dor, suspiro de fatigado alívio às vezes — mas suspiro. E este suspiro serve como sinal de que as comportas do sofrimento represado pela família podem enfim se abrir. Nesses momentos, não raro surge uma patética dúvida: foi mesmo o último suspiro? Ou este ainda está por vir?

Lembro uma cena que presenciei, num hospital aqui de Porto Alegre. O doente, um homem de idade, agonizava. Tinha sido cuidado por uma grande equipe de médicos mas agora, diante do inevitável fim, todos haviam ido embora. Lá estava eu, o médico residente, para ajudar a família, aliás enorme, no transe final. Sentado a um canto do aposento, eu observava aquelas pessoas todas ao redor do leito. Três ou quatro vezes eles acharam que o paciente falecera — e três ou quatro vezes tratava-se de rebate falso: não era ainda o último suspiro.

Mas este finalmente ocorreu. Já não podia haver dúvida: o patriarca tinha, sim, falecido. Precipitaram-se todos, cada um tentando agarrar-se ao corpo inanimado. Sobrou um parente que, mais lento, chegara por último, e que não conseguia sequer se aproximar do falecido. Mas então ele viu o pé do morto, e este pé ele tomou entre suas mãos trêmulas, num choro convulso.

O que eu, jovem doutor, via ali era a miséria — e a grandeza — da condição humana. A morte nos vence, sim. Mas só nos deixamos arrastar por ela depois de lutar muito. Ainda que esta luta seja pelo pé de um defunto.

O menino triste. Triste ou deprimido?

[08/12/2007]

Na minha infância no Bom Fim, conheci um garoto, cujo nome eu já não recordo, mas que era a própria imagem da tristeza, de uma tristeza misturada com ansiedade e com angústia. No fim do ano, depois de se sair mal nos exames, ele não voltou para casa: foi para o parque Farroupilha e ali, junto ao lago, ingeriu uma violenta dose de veneno, vindo a falecer. Lembro ainda a comoção que o fato provocou entre nós, crianças. Morte era uma coisa longínqua, sobretudo morte entre jovens, sobretudo morte por suicídio. Não podíamos acreditar que fosse verdade.

Mas era verdade. Uma verdade que, trabalhando em saúde pública, confirmei, com a ajuda de números frios e implacáveis. Jovens se suicidam. Suicidam-se em todo o mundo. As estatísticas nos dizem que cerca de 8% dos adolescentes tentam o suicídio. O número de óbitos por essa causa cresceu 300% nos últimos trinta anos. E notem que estamos falando apenas nos casos comprovados. Muitas mortes ditas acidentais são, na verdade, suicídios disfarçados. O jovem que, bêbado, dirige em alta velocidade pode estar em realidade buscando o autoextermínio. Dado importante: até 80% dos jovens que se suicidam têm depressão. Ou seja, eles têm uma doença que, embora potencialmente grave, é tratável — pode e deve ser tratada. Mas o primeiro passo para isso é o diagnóstico, tanto por parte de pais, professores, responsáveis quanto por parte dos médicos. E esse diagnóstico encontra uma dificuldade inicial: é muito difícil associar infância e juventude, épocas risonhas da vida, com depressão. Mesmo porque os jovens pacientes não sabem bem o que é isso e tendem a culpar as circunstâncias: a relação com os pais, os problemas na escola ou com amigos. No caso do menino do Bom Fim, todo mundo lá no bairro dizia: "Isso aconteceu porque ele foi mal nos exames". Não era verdade. Muita gente vai mal nos exames e não se mata. O fracasso foi um fator desencadeante, mas não a causa. Na verdade, só nas duas últimas décadas se começou a pensar seriamente em depressão na infância e na adolescência.

Quando pensar em depressão na infância e na adolescência? Nas crianças menores, o transtorno se manifesta por queixas físicas, como cansaço, distúrbios do apetite, dificuldade de concentração, problemas escolares, irritabilidade, crises de choro, autoimagem negativa. Depois dos doze anos, o uso de álcool e de drogas, o isolamento social, dificuldades sexuais se acrescentam ao quadro.

Diagnosticada a depressão, ela deve ser tratada. E hoje temos muitos recursos para isso. Temos a psicoterapia propriamente dita e temos o tratamento por medicamentos. Na depressão, existe um distúrbio químico do cérebro que pode ser corrigido. Psicoterapia e medicamentos não se excluem, ao contrário, completam-se. Ocorrida a melhora, é preciso continuar observando, porque depressão pode voltar.

Fico pensando que meu pequeno amigo do Bom Fim poderia ter escapado a seu destino se soubéssemos na época o que sabemos hoje. Em homenagem à memória dele, e à memória de muitos outros, temos de continuar brigando. Depressão faz parte da vida. Enfrentar a depressão é mergulhar profundamente no significado da existência.

Fumo: o paciente que curou seu médico

[11/07/2009]

Minha geração foi, acho, a última que via no cigarro uma coisa desafiante, glamourosa; hoje, os fumantes mantêm o hábito com muito desgosto, na maior parte das vezes apenas por causa da dependência química. "Apenas" é, claro, modo de dizer; a necessidade que o organismo do fumante tem de nicotina é impressionante, avassaladora.

Chegávamos ao cigarro por livre opção, como quem abraça uma causa. Fumar era para nós um estilo de vida, algo associado a independência, a autoafirmação. Como todo fumante pode confirmar, não era fácil começar; o organismo, com uma sabedoria maior que a de seus donos, protestava contra aquela violência, com mal-estar, náusea, tosse. Mas nós insistíamos e acabávamos por conseguir que a droga (porque é uma droga) fizesse parte de nossa fisiologia. E daí em diante a coisa seguia por si.

Estudantes de medicina fumavam. Professores da Faculdade de Medicina fumavam. E muitos fumavam nas enfermarias da Santa Casa, dando aula junto ao leito do paciente, sobre quem, não raro, caíam as cinzas do cigarro — uma cena que simbolizava bem o grotesco de nossa situação. Os doentes não protestavam porque muitos deles fumavam, e, no caso dos cardiopatas e dos pneumopatas, só paravam quando o oxigênio estava ligado.

Mas foi graças a um paciente que deixei de fumar. Eu tinha começado pouco antes de entrar na faculdade, e, ao terminar o curso, já era um fumante regular — um maço por dia. E, recém--formado, fui trabalhar no Hospital Sanatório Partenon, que naquela época albergava centenas de pacientes tuberculosos. Muitos eram fumantes, e para um deles, homem ainda jovem, mas com uma doença muito avançada, recomendei que deixasse o cigarro. Era algo de rotina e na verdade correspondia um pouco a uma espécie de jogo: nós cumpríamos uma obrigação, eles fingiam que acatariam a recomendação e ficava tudo como dantes. Mas esse doente teve uma reação inesperada:

— Mas quem é o senhor, um fumante, para me dizer que tenho de largar o cigarro?

Não respondi. Não tinha como responder. O paciente acabara de me dizer uma verdade, dolorosa e vergonhosa verdade. Saí do hospital, joguei fora o maço de cigarros que tinha no bolso da camisa e nunca mais fumei.

Também nunca mais vi o paciente, que provavelmente não está mais vivo. Mas espero que, na porta do Céu, ele tenha dito, ao apresentar seus méritos:

— Fiz um doutorzinho deixar de fumar.

O que seria mais do que suficiente para lhe garantir uma gloriosa vida eterna ao lado do Criador.

Aprendendo a conviver com a morte

[06/11/2010]

Numa semana que teve em seu início o dia de Finados, a pergunta até que cabe: como aprendem os médicos a conviver com a morte? De forma gradual, é a resposta. Coisa que constatei por experiência própria. Nosso curso começava, classicamente, com a disciplina de anatomia. Depois de algumas aulas teóricas, fomos um dia levados para o necrotério da faculdade, que ficava no andar inferior do prédio da rua Sarmento Leite. As portas se abriram; sobre as mesas de alumínio, estavam cerca de vinte corpos, rígidos, à nossa espera. O cadáver que tocou a nosso grupo era o de uma mulher, ainda jovem, fisionomia inexpressiva. Muitas vezes interroguei-me a respeito de quem, afinal, teria sido essa pessoa; mas nunca consegui pensar nela como um ser humano, mesmo porque, preservado pelo formol, o cadáver adquiria uma aparência de coisa sintética. Algo, se não benéfico, pelo menos pragmático: à entrada do necrotério, bem poderia estar inscrita uma paráfrase de Dante: "Deixai de lado todas as emoções, ó vós que aqui entrais, e pensai exclusivamente no aprendizado da profissão".

* * *

A morte agora tinha penetrado em nossas vidas e delas não mais sairia. Na fase clínica do curso estagiávamos na Santa Casa, onde casos graves eram a regra. Muitas vezes chegávamos de manhã e víamos, sobre o leito que até a noite anterior havia sido ocupado por nosso paciente (uma pessoa com a qual não raro estabelecíamos laços de amizade), o colchão enrolado. Cena tão eloquente como desanimadora. Como desanimador, apesar de instrutivo, era proceder à necropsia desses pacientes. Obedecendo a uma necessidade interior, íamos construindo nossas defesas contra a angústia, resultantes do conhecimento técnico e científico, que condicionava nosso modo de pensar, e até o de falar, o jargão médico: "Ele fez um edema agudo de pulmão…". Ele fez: era o paciente que tinha feito o edema agudo de pulmão, o seu corpo. Desse corpo era a responsabilidade do óbito que aliás raramente presenciávamos.

A mim, particularmente, o momento da verdade chegou quando eu já era residente em medicina interna. Uma noite atendemos, no Hospital São Francisco, uma mulher que havia sido internada por grave insuficiência renal. Seu estado era absolutamente desesperador, e ali estava o grupo de médicos lutando para salvar a pobre criatura. Esforço inútil porque, como previsto, a paciente acabou morrendo. Curvado sobre ela, presenciei o momento exato do óbito: o relaxamento da musculatura facial, uma súbita e impressionante palidez, e pronto, a vida a deixara, dissolvera-se nas trevas da noite lá fora.

Minha reação foi um misto de horror, de perplexidade, de fascínio. Então era assim, num momento estamos vivos, e no momento seguinte estamos mortos? O que queria dizer aquilo, não em termos de fisiopatologia, mas em termos de sentido da existência? Que mensagem me estava sendo transmitida, se é que alguma mensagem estava sendo transmitida, e por quem, com que objetivo?

A mensagem é óbvia: a última palavra é a da Morte. Mas enquanto ela não chega a medicina tem muito a dizer. E pela voz da medicina fala o que tem de melhor, e de mais corajoso, o próprio ser humano.

IV. NOSSO CORPO

Esta porta do mundo, o olho

[24/01/1998]

Dos cinco sentidos, nenhum é tão importante quanto o da visão. O ser humano pode tolerar a perda do tato, do olfato, do gosto e até mesmo da audição, mas perder a visão é uma tragédia, como o sabia Édipo. Depois de matar o pai e de casar com a mãe, a única autopunição possível era a que ele se impôs, vazar os próprios olhos. O mundo é o olho, diz Goethe. No mundo da culpa, Édipo só poderia penetrar cego.

Desde a Antiguidade, todas as culturas reconhecem o poder do olho. Não é apenas o órgão pelo qual recebemos as imagens, é também o símbolo da percepção intelectual. Para os hindus, além dos olhos comuns, físicos, temos um terceiro olho, o de Shiva, capaz de uma clarividência que chega à perfeição. No Antigo Testamento, Jeová é, sobretudo, o Deus que vê. É inútil ocultar os pecados. Nada escapa ao olhar divino: o olho dentro do triângulo — a Santíssima Trindade — é um clássico símbolo cristão (e maçônico também).

Não é só na divindade que o olho significa poder. O mau--olhado é uma superstição difundida em todo o mundo. Basta ver a quantidade de expressões brasileiras a respeito: olho mau, olho ruim, olho grosso, olho de secar pimenta, olho de matar pinto. A crença subjacente a isto é de que certos indivíduos podem veicular pelo olhar fluidos perigosos e nocivos. Há numerosos métodos de proteção contra o mau-olhado: orações, rituais, amuletos. Um destes, muito comum no Oriente Médio, é a mão com um olho estampado na palma: é a mão que detém, que para, o mau-olhado.

Mas o olhar não é apenas o instrumento de más intenções. É através do olhar que nascem as grandes paixões. A mais famosa das heroínas literárias brasileiras, Capitu, ficou célebre pelos olhos ("de ressaca", explica Machado, o que, francamente, não parece uma metáfora muito romântica). De olhos também falou Gonçalves Dias: "São uns olhos verdes, verdes,/ Uns olhos de verde-mar,/ Quando o tempo vai bonança;/ Uns olhos cor de esperança". Não há amor sem esperança.

Durante muito tempo o olho foi um órgão misterioso. Na Idade Média, a medicina árabe aprofundou-se no assunto, mas só com o surgimento da óptica, no século XVIII, é que o fenômeno físico da visão começou a ser entendido. Muito mais tempo teria de se passar antes que a oftalmologia se desenvolvesse como especialidade. Durante séculos, o único recurso que as pessoas tinham, em termos de problema de visão, era apelar para santa Luzia. Mas aí surgiram instrumentos como o oftalmoscópio e drogas poderosas como os antibióticos, doenças de massa que afetam a visão — o caso do tracoma e da avitaminose A — começaram a ser enfrentadas como problemas de saúde pública. Isto não quer dizer que no Brasil o problema da assistência oftalmológica esteja resolvido. Ao contrário, é uma área na qual o Sistema Único de Saúde (SUS) tem muitas dificuldades. Será o caso de recorrer à santa Luzia? Nesta época de cirurgia a laser, as expectativas são outras. E devem mesmo ser outras.

O sangue como metáfora

[13/06/1998]

"A vida humana está no sangue", diz o Levítico, com isso criando uma imagem que se perpetuaria na cultura ocidental, e que reapareceria sob muitas variantes. Na liturgia cristã, o vinho da missa simboliza o sangue de Cristo, derramado por Jesus para salvar a humanidade e garantir-lhe a vida eterna. Da mesma maneira, "a alma humana", garante um texto do século XIII, *Roman de Sidrac*, "está em todas as partes do corpo onde existe sangue".

É claro que tal simbolismo nasce da observação. Se a hemorragia pode ser fatal para seres humanos e animais, então é óbvio que o sangue desempenha um papel fundamental no organismo, papel assinalado por sua cor vermelha, que o diferencia dramaticamente de todos os outros líquidos orgânicos. Curiosamente, porém, considerava-se que havia dois problemas com o sangue, em termos de quantidade: a falta, anemia, ou, mais frequentemente, o excesso. Os médicos antigos descreviam um estado chamado pletora, em que a pessoa, por assim dizer, se afogava no excesso de sangue. O tratamento para isso — sempre dramático — era a sangria. Um procedimento que começou na

Antiguidade e que teria longa vida: estudante de medicina, ainda vi os meus professores tratarem pacientes com edema agudo de pulmão cortando-lhes uma veia no braço. E recordo um deles dizendo: "Não basta que o sangue corra, é preciso que esguiche". A verdade, porém, é que, transitoriamente ao menos, a sangria aliviava a sobrecarga circulatória. Um papel que depois os medicamentos vieram a desempenhar com muito maior eficiência.

Na Antiguidade, contudo, a sangria não era feita por médicos. De novo, havia aí um preconceito: o procedimento tinha algo de impuro. Ficava, portanto, reservado a uma profissão auxiliar, a dos barbeiros. Havia uma série de regras para o procedimento. Por exemplo, não se podia fazer sangria perto de objetos vermelhos, por causa da atração entre "o semelhante e o semelhante", que poderia aumentar a hemorragia. O sangue tinha de ser jogado fora — a ideia de banco de sangue estava completamente fora de cogitação. Havia dias, chamados "dias egipcíacos", em que fazer sangria podia ser perigoso.

De qualquer modo, havia entusiasmo generalizado quanto à sangria. "É como extrair água de um poço", garantia o italiano Botal, médico de vários reis. "Quanto mais se tira, mais pura ela vem." Não havia acordo sobre a quantidade de sangue a ser extraída, de modo que os critérios variavam: um autor, por exemplo, dizia que se poderia tirar trinta libras de sangue de um alemão, mas só vinte libras de um francês. Fazia-se sangria para tudo: para varíola, para pleurisia, para tuberculose. Havia quem sangrasse pacientes até vinte vezes em 48 horas, e há suspeita de que pessoas famosas, como Descartes e Mozart, possam ter morrido assim. Dizia-se que Broussais, famoso médico francês, derramara mais sangue do que Napoleão. Lá pelas tantas, entraram em cena as sanguessugas: esses vermes aquáticos, capazes de secretar uma substância anticoagulante, eram colocados sobre uma escarificação praticada no paciente. A mesma finalidade tinham as ventosas.

Tudo isso é coisa do passado. A microscopia mostrou que o sangue é formado de plasma e de células que desempenham funções vitais no organismo. Repor o sangue passou a ser uma preocupação fundamental. Que está, convenhamos, mais próxima ao Antigo e ao Novo Testamento do que a sangria.

A gordura fora do lugar

[16/10/1999]

Falando sobre o Brasil, o crítico literário Roberto Schwarz disse que este é um país em que as ideias estão frequentemente fora do lugar. A aterosclerose, que não é um problema brasileiro — mas breve também o será — obedece a uma fórmula similar: gordura fora do lugar.

Gordura não é uma coisa ruim. Precisamos de gordura em nosso organismo. Como reserva energética. Como isolamento térmico. Como matéria-prima para a fabricação de certas substâncias. O problema é que gordura é fácil de ingerir. Não precisa ser mastigada, como frutas e verduras. E tem um sabor, o mais das vezes, agradável — e sugestivo. "Rich" é o adjetivo que os americanos usam (e como gostam de usá-lo) para um alimento abundante em cremes ou em molhos gordurosos. Claro: gordura, no passado, era uma coisa para ricos.

Que pagaram um preço por isso. Lá pelas tantas, as doenças começaram a ser divididas em dois grupos: as enfermidades da carência e as enfermidades da afluência. Nas primeiras: a desnutrição, a avitaminose. Nas segundas: a aterosclerose.

A natureza não tem culpa disso. O organismo procura lidar com o excesso de gordura com os meios a seu alcance. A princípio, coloca-a em locais visíveis: nádegas, barriga. Como se estivesse chamando a atenção: olha aí, cara, assim não dá, você está abusando. As pessoas sabem disso. Mas, muitas vezes, preferem trocar de roupas a trocar de alimentos. E aí a gordura se internaliza, por assim dizer. Os depósitos agora se fazem num lugar perigoso, a parede arterial. Mas, de novo, isso não se faz sem aviso. A diminuição do fluxo sanguíneo nas coronárias se acompanha de dor, a dor anginosa. Aí não é mais o desconforto do excesso de peso. Não, é uma dor esmagadora, uma dor que traz consigo a sensação da morte iminente.

A esses avisos, as pessoas reagem frequentemente com alarme, quando não com desespero. Dieta passa a ser uma palavra de ordem. E é uma palavra com conotação desagradável, implicando privações e desprazer. Mas será que precisava ser assim? Dieta, afinal, significa apenas aquilo que a gente come. Dieta não precisaria ser a penosa exceção, poderia ser a rotina. Desde que, e aí está o nó da questão, esta rotina esteja associada a um modo de vida. Há o modo de vida do excesso de gordura, que significa também sedentarismo e ausência de autoestima. E há um modo de vida que reúne alimentação adequada, exercício físico e uma satisfação com a autoimagem. Como passar de um modo de vida a outro é a questão. Uma coisa é certa: o susto, o alarme não resolvem nada. É preciso viver, numa boa, aquela vida em que há lugar para a gordura, a gordura que, exatamente por não ser excessiva, nos parece ainda melhor.

Nossa amiga, a dor

[07/09/2002]

Quando, na Bíblia, Deus resolve castigar Eva pela transgressão, é com a dor que o faz: "Entre dores darás à luz teus filhos". Dor é, assim, associada a castigo, a punição, e não é de admirar que os flagelantes tenham escolhido a dor de chibatadas para expiar seus pecados. Mesmo o admirável Montaigne, considerado um estoico, admitia preferir o sofrimento espiritual à dor corporal: para ele, cólica renal — que de fato produz uma dor muito intensa — é justificativa para o suicídio, uma afirmativa que qualquer urologista consideraria exagerada, para dizer o mínimo. O certo é que as pessoas não gostam de sentir dor; analgésicos são remédios prescritos há muito tempo. O ópio é conhecido desde a Antiguidade, a aspirina tem mais de 150 anos. Uma das razões para o incremento da cesárea, sobretudo em nosso meio, é exatamente isso, evitar a dor que faz parte do legado de Eva.

Se sentir dor é ruim, não sentir dor é bom, certo?
Errado. Ausência de dor pode ser um sinal de alarme e até

de doença. A hanseníase ou lepra manifesta-se por anestesia da pele, consequente à lesão de nervos pelo bacilo causador da enfermidade. Problemas neurológicos às vezes também se caracterizam pela anestesia. O exemplo mais curioso, e perturbador, é uma rara situação conhecida como analgesia congênita: são pessoas que, desde o nascimento, não sentem dor. Uma dessas pessoas ganhava a vida exibindo-se num circo: perfurava-se com alfinetes sem exibir o menor sinal de desconforto. Mas analgesia congênita não é brincadeira. Essas pessoas muitas vezes queimam-se sem sentir, ou sofrem fraturas ou se lesionam de maneira grave. Ou seja: a falta da dor é um risco para a integridade corporal e para a saúde.

A dor é uma linguagem — uma linguagem que o corpo usa para dizer à consciência que algo não está bem. Se um homem de meia-idade acorda no meio da noite com uma dor no peito, está recebendo um sinal de advertência: é melhor procurar um médico. Numa situação menos extrema, a dor que sentimos ao praticar exercício físico (sobretudo se não estamos habituados a isso) também nos informa que talvez estejamos passando dos limites, exigindo de nosso organismo mais do que ele pode dar. Passou a época em que esse dolorimento era considerado normal. Normal é se sentir bem. Normal é, também, não ignorar a dor. Os astecas tinham um deus, chamado Xipetotec, que gostava tanto de sentir dor que se esfolava todo. Mas o que serve para um deus não serve para o comum dos mortais. Que farão muito bem interpretando a dor como um pedido de socorro do corpo.

Nosso humilde suporte

[23/08/2003]

Poucas coisas são mais humildes, no corpo humano, do que os ossos. Em primeiro lugar, não aparecem — e quando o fazem, no caso de uma fratura exposta, é motivo de alarme. Já esqueleto é receita certa de sucesso em filme de terror, coisa que os artistas sabem há muito tempo: esqueletos são os personagens principais das gravuras que, ao final da Idade Média, constituíam a chamada "Dança da Morte", uma série destinada a advertir os mortais quanto aos riscos de uma vida irresponsável ou devassa.

Em segundo lugar, os ossos são quietos componentes da anatomia. O coração bate, o intestino se move, os pulmões inflam e desinflam. Os ossos não fazem nada disso. Só se mexem quando os músculos, obedecendo ao comando do cérebro, põem o corpo ou uma de suas partes em movimento. É verdade que os ossos têm uma certa dignidade, alguns deles ao menos.

Assim, dizemos que uma pessoa é "invertebrada" quando ela não tem postura moral, quando se curva diante de opressores. As vértebras, afinal, são parte da coluna — e a coluna é que nos mantém eretos, nos dá a posição bípede que caracteriza a nossa superioridade, ou suposta superioridade, na escala animal.

Às vezes os ossos conseguem chamar nossa atenção. Quando ficam deformados, por exemplo: o caso das pernas cambaias dos raquíticos. Raquitismo era um problema, sobretudo na Europa, onde a escassez de sol no inverno dificulta a fixação de cálcio nos ossos. Isso acontecia, inclusive, porque numa época estava na moda ser pálido.

Mais tarde, o bronzeado passou a ser um ideal de beleza (agora está sendo contestado, mas isso é outro assunto). Com mais sol e mais cálcio, o problema diminuiu muito, mas passou para o outro extremo da vida, sob a forma de osteoporose. E osteoporose significa a possibilidade de fraturas, de imobilização, com todos os riscos que isso acarreta para os idosos.

Temos, pois, de prestar atenção aos ossos. Como fortalecê-los? Além do cálcio na dieta (e de medicamentos a serem prescritos — exclusivamente! — pelo médico), é preciso fazer exercícios físicos, dos quais caminhar ainda é o mais fácil (mínimo de trinta minutos, quatro vezes por semana).

Como diziam os antigos, é preciso sacudir o esqueleto, antes que os esqueletos venham assombrar nossos pesadelos.

A postura do corpo, a postura na vida

[14/08/2004]

"He has a tendency to stoop", ele tem uma tendência a curvar-se, a inclinar-se para a frente, escreveu um professor a respeito do aluno que depois viria a tornar-se famoso: ninguém menos que o criador do evolucionismo, Charles Darwin. A observação do mestre não era casual; ao contrário, envolvia certo alarme: naquela época, o *"stoop"* era considerado indicativo de problema mental ou emocional. No caso de Darwin, diagnóstico correto: ele passou a vida atormentado por fantasias hipocondríacas.

O corpo fala, e fala inclusive por meio da postura que adotamos. A própria palavra "postura" tem duplo sentido, um, físico, corporal, outro, mental. Dizemos de uma pessoa que se comporta de maneira moralmente correta que tem uma postura digna, ou simplesmente que tem postura. No caso de pessoas curvadas, inclinadas, o que está o corpo querendo dizer? Em primeiro lugar que esta pessoa leva uma carga emocional excessiva, uma carga que pesa sobre a cabeça e os ombros. Em segundo lugar, o corpo nos diz que esta pessoa está conformada, resignada com a situação, submissa diante das exigências e dos agravos do mundo.

Curvar-se é um claro sinal de submissão: o caso do servo que baixa a cabeça diante do senhor. Curvar-se faz com que a pessoa pareça menor, e isso não é característico do ser humano; o animal ameaçado por um inimigo poderoso encolhe-se. Quem se curva, quem se encolhe, parece menor e, por conseguinte, menos agressivo. Não é de admirar, portanto, que as exortações para que a pessoa reaja contra a submissão muitas vezes refiram-se à postura corporal. "De pé, ó vítimas da fome", diz o já antigo hino da Internacional dos Trabalhadores. Levanta a cabeça, dizemos, para alguém que está desanimado, alguém a quem a vida golpeou.

O corpo fala, mas nós também podemos falar com o corpo. Mais: podemos educar o corpo, o que na verdade é um processo de autoeducação. O primeiro passo é tomar consciência de nossa postura, de nossos gestos. Por exemplo, no escritório: estamos sentados de maneira adequada? Uma cadeira nem sempre é um trono, mas é o nosso lugar, e merecemos um bom lugar para trabalhar. Nossos pés estão postos firmemente sobre o solo, garantindo-nos sustentação? Pés firmes na terra indicam realismo, sabedoria (e poupam a coluna vertebral). Estamos confortavelmente sentados, ou sentamos na beira do assento, beira esta que, por seu desgaste, traduz a nossa ansiedade? Permanecemos em incômoda posição por longas horas, sem nos darmos conta de que temos o direito de nos levantar e nos espreguiçar?

Perguntas semelhantes se aplicam ao operário na fábrica, ao aluno na escola. Postura é fundamental. Para o corpo e para a vida.

Exercício: cuidado com o excesso

[22/01/2005]

Quando comecei a trabalhar em saúde pública, fiz um curso de epidemiologia na Universidade de Massachusetts. Lá tive um professor, homem alegre e comunicativo, que tinha duas paixões na vida. Uma era a epidemiologia, claro. A outra era a corrida. Uma manhã, andando pelo campus, avistei-o, de abrigo, correndo em minha direção. Parei para abanar (só abanar: nunca se detém alguém que corre ou caminha), mas para minha surpresa ele passou por mim — sem me ver. Até hoje, lembro duas coisas. A primeira, o olhar esgazeado. A segunda, a expressão de sofrimento. Não era prazer, era obrigação. O homem era um corredor compulsivo. Caso até benigno, comparado ao de Joe Decker, de Maryland, que, segundo uma notícia de imprensa, levanta às três da manhã para correr e que, numa única jornada de 24 horas, fez quinze quilômetros de corrida, mais 150 quilômetros de bicicleta, mais cinco quilômetros de marcha forçada, mais dez quilômetros remando, mais três quilômetros nadando, mais quinze quilômetros em máquina de remar, mais

3 mil abdominais, mais levantamento de pesos num total de 100 mil quilos... (paro aqui por falta de espaço).

Existe, sim, uma necessidade, compulsiva ou quase, de exercício. Em geral é explicada pela liberação de endorfinas, substâncias semelhantes à morfina que são produzidas pelo corpo em atividade física e que dão ao atleta o famoso barato. Mas não é só isso. É o ritual: colocar a camiseta, o calção, os tênis, ir para o lugar habitual, cumprir a meta. E é um ritual muito definido. Uma vez, numa cidade do interior do Paraná, fui caminhar na praça central da cidade (sim, eu também tenho meus hábitos de exercício). Muita gente, ali, marchando em passo acelerado, e todos me olhando feio. Depois o homem do hotel me explicou: é que eu estava caminhando em sentido contrário ao tacitamente combinado pelos moradores do lugar. Esculhambei o ritual, e ritual é importante, é o grande antídoto contra a ansiedade.

Endorfinas e/ou ritual, o fato é que cada vez mais se reconhece a existência de uma síndrome de dependência de exercício. É o caso daquelas pessoas que se sentem culpadas se passam um dia sem correr ou caminhar: "Falta-me algo quando não corro" é a frase clássica para traduzir esta sensação. O padrão estereotipado de exercício (sempre a mesma coisa) também é um sinal. Outros sinais: a pessoa faz exercício mesmo doente ou lesionada, e às vezes se lesiona exatamente por causa do exercício. O relacionamento pessoal sofre, exercício passa a ser um tema constante de conversa, e a pessoa só convive com quem também se exercita — mas muitas vezes prefere correr ou caminhar só. Num estudo feito nos Estados Unidos, tentou-se obter voluntários — pagos! — para verificar as consequências da interrupção do exercício. Pois as pessoas recusavam-se a parar, mesmo ganhando uma boa grana.

Vamos deixar bem claro: exercício é uma coisa ótima e a dependência do exercício é seguramente um problema menor quando se compara com coisas como álcool e fumo. Mas é bom que as pessoas que se exercitam tenham consciência dessa possibilidade. Afinal, não é só flexibilidade das articulações que a gente busca, é também flexibilidade emocional. Caminhar é bom, correr é bom. Desde que a gente continue enxergando os amigos ao longo da rota.

A rigidez das artérias, a rigidez da vida

[16/04/2005]

Aterosclerose não é brincadeira. Comprometendo as artérias do cérebro, do coração, dos rins, dos membros superiores e inferiores, é de longe a maior causa de morte nos países em que não se morre de fome. Nos Estados Unidos, mata duas vezes mais que o câncer e dez vezes mais que acidentes, seja por infarto do miocárdio, seja por acidente vascular cerebral. Uma situação que vai se instalando aos poucos, com a formação de placas gordurosas nas paredes das artérias, que assim acabam perdendo sua flexibilidade.

Vão perdendo sua flexibilidade, as artérias. Tornam-se duras, rígidas. E isto, curiosamente, tem um significado simbólico, é algo que nos faz pensar sobre a vida que levamos. Nos seres vivos, rigidez é um mau sinal. Para começar, é um sinal da morte: falamos em rigidez cadavérica, no *rigor mortis* dos antigos. Rigidez muscular aparece em várias doenças: tétano, doença de Parkinson. O próprio termo "esclerose", que vem do grego e quer dizer endurecimento, tem uma conotação nada agradável: dizemos que uma pessoa está esclerosada quando o seu raciocínio já não é ágil, quando seu relacionamento com o mundo se reduz.

Flexibilidade é necessária, parece dizer o corpo. Precisamos de flexibilidade nas artérias e precisamos de flexibilidade na vida. Por que desenvolvemos aterosclerose? Entre outras coisas, por causa de um estilo de vida inadequado — e teimoso. Dia após dia mantemos nosso sedentarismo. Dia após dia fumamos. Dia após dia, com uma monotonia às vezes espantosa, vamos ingerindo as substâncias de que o nosso organismo não precisa, que o nosso organismo não quer. O excesso delas acaba nas paredes de nossas artérias. Que enrijecem, como rígido foi o estilo de vida que nos levou a essa situação. Um estilo de vida que implica rigidez de hábitos (como passar várias horas diante da TV) e rigidez de relacionamentos. Não raro somos rígidos com nossos familiares, com nossos amigos, nossos companheiros de trabalho. Temos uma postura rígida, às vezes temos até traços rígidos: os ingleses falam no *"stiff upper lip"*, o lábio superior aristocraticamente enrijecido.

Rigidez a gente neutraliza com flexibilidade. Flexibilidade psicológica, que significa aceitar o mundo e as pessoas como são, tentando mudar as coisas da maneira mais hábil. E flexibilidade na maneira de viver. Precisamos de uma dieta variada. Precisamos de um corpo ágil, elástico, e isto não quer dizer só academia ou malhação: a dança também resolve, e muito bem (é o que muitos paulistas estão fazendo). Enfim, precisamos escutar a muda mensagem de nossas artérias. Elas sabem o que é bom para nós. Afinal, estão por dentro da nossa vida, não é mesmo?

Os mistérios da memória

[04/11/2006]

Dá para comparar a memória humana com a memória do computador? Num certo sentido, sim. Afinal, computadores são feitos por seres humanos. Eles acabam usando o modelo que, literalmente, têm na cabeça, para construir equipamentos capazes de processar, armazenar e recuperar informações. É preciso dizer que o cérebro, com seus 100 bilhões de neurônios (cada um é um computador em miniatura), dá de dez a zero no computador. E o cérebro pode ser treinado, com o objetivo de estimular a formação de sinapses, isto é, de ligações entre as células cerebrais. Quanto mais ligadas elas estiverem, mais ligados estaremos nós. Uma excelente metáfora para descrever o processo de aprendizado, que se prolonga pela vida inteira.

Mas há uma outra, e perturbadora, diferença entre memória humana e memória de computador. É que a primeira é colorida, e distorcida, pelas emoções, e a segunda, não. Nascem daí as falsas memórias, coisa que há alguns anos provocou muita controvérsia. Pessoas iam a terapeutas e "descobriam" que, na infância, tinham sido abusadas ou violentadas. Nos Estados Unidos, uma garota chamada Beth Rutherford "descobriu", durante a terapia, que o pai regularmente a violentara, às vezes com a ajuda da mãe, que ela tinha engravidado e que os pais a haviam obrigado a abortar, usando o gancho de um cabide. A história se tornou pública (era uma cidade pequena), o homem perdeu o emprego. Mas, então, um exame médico da moça revelou que ela, aos 22 anos, era ainda virgem. A terapeuta foi processada e teve de pagar 1 milhão de dólares de indenização à família. Outras situações envolvem lembranças, tais como vidas passadas, sequestro por alienígenas e participação em rituais diabólicos (inclusive com violência sexual).

Agora: como surgem essas "memórias"? Muitas vezes, elas são induzidas por falsos terapeutas, que usam até hipnose para isso.

Essas coisas são possíveis, porque memória não é só lembrar, memória é reconstruir — e a reconstrução pode ser feita com equívocos. Uma situação curiosa, e correlata, é o déjà vu — francês para "já visto". A expressão foi introduzida pelo francês Émile Boirac para designar a familiaridade que a gente subitamente sente numa situação que deveria ser estranha para nós. É uma coisa muito comum, relatada por cerca de 70% das pessoas. Há quem atribua isto a um ato de "precognição", mas parece ser mesmo um distúrbio da memória, às vezes causado por razões neurológicas. O déjà vu é muito frequente na epilepsia, cujo foco está no lobo temporal do cérebro. A propósito, existe um "jamais viu" em que, ao contrário do déjà vu, a pessoa está num lugar familiar, mas não o reconhece.

De fato, o cérebro é bem mais complicado do que o computador. Uma certeza que só mudará quando um dia aparecer na tela do nosso computador: "Engraçado, mas tenho a impressão de que já estive aqui antes".

A maratona e a vida

[26/05/2007]

Meu amigo, o escritor Carlos Stein, é autor de um conto impressionante, escrito há vários anos. Narra a história de um homem que se propõe a atravessar a nado um rio até uma ilha. O desafio é excessivo, o nadador quase sucumbe no meio do caminho, mas finalmente chega lá. E, tendo chegado, descansa um pouco e se atira no rio: vai enfrentar de novo o mesmo desafio.

Desafios não faltam em nossa vida e muitas vezes assumem a forma de exercício físico, de prática esportiva. A maratona disso é um clássico e impressionante exemplo. É uma homenagem a Feidípides, o soldado grego que correu de Maratona a Atenas para anunciar a seus conterrâneos a vitória sobre os persas. Ao longo do tempo, Feidípides se constituiu em modelo para atletas sem conta. Alguns se tornaram lendas vivas, como o etíope Abebe Bikila, que corria de pés descalços, e Paul Piplani, um bioquímico que vive no Arizona e que já correu seiscentas maratonas, arrecadando fundos para uma entidade que ajuda doentes neurológicos. No Brasil, Piplani tem vários seguidores: o escritor

Alexandru Solomon, por exemplo, regularmente vem de São Paulo para correr a maratona em Porto Alegre.

Duas palavras definem o maratonista. A primeira é "resistência", uma tradução não muito satisfatória para o termo inglês *"endurance"*. *Endurance* implica não apenas a capacidade física de fazer exercício por períodos relativamente longos de tempo, como também a disposição emocional para fazê-lo. A outra palavra é "estâmina", que tem duplo significado: em biologia, designa aquilo que dá sustentação a uma estrutura orgânica, como os ossos de nosso corpo e o lenho das árvores. Metaforicamente, estâmina designa a nossa fibra, a capacidade de suportar agravos e de enfrentar desafios. "Fibra", aliás, é um excelente termo para corredores, sobretudo os nordestinos e os quenianos: o corpo deles é seco, fibroso. Nada de massas musculares proeminentes, porque eles não estão concorrendo ao título de Mr. América. São músculos modestos, mas confiáveis, que aguentarão a dura prova.

Mas não só de músculos (e de ossos e tendões) é feito o maratonista. Os aspectos emocionais também pesam. Em que pensa um maratonista quando corre? Há estudos e recomendações a respeito. Os pensamentos podem ser dissociativos, aqueles que tendem a "distrair" o corredor: um trabalho aconselha contar os carros azuis que a pessoa vê no caminho ou o número de cães. Ou podem ser associativos, focados, por exemplo, no ritmo respiratório ("Cada vez que você expira, tente imaginar a tensão abandonando seu corpo"), ou o maratonista pode dizer a si próprio coisas encorajadoras, positivas. As pesquisas mostram que os maratonistas amadores preferem a dissociação, enquanto os profissionais escolhem a associação. De qualquer modo, a conclusão se impõe: não é só o exercício físico, o lado emocional conta muito, porque, ao fim e ao cabo, trata-se, como em muitos aspectos de nossa existência, de vencer um desafio. A corrida é a vida. Feidípides sabia disso muito bem.

A trompa como símbolo

[16/06/2007]

Querem mais uma diferença entre os sexos? Está nas trompas, pequenos condutos ocos que, no organismo, servem para comunicar regiões. As mulheres têm as trompas de Falópio, que conduzem o óvulo saído do ovário e onde ocorre a fecundação pelo espermatozoide. E têm também, em comum com os homens, a trompa de Eustáquio (Eustáquio e Falópio são antigos anatomistas: essas coisas são conhecidas há muito tempo), que comunica o ouvido com a garganta. Para que essa comunicação? Hoje em dia, os adeptos do criacionismo, segundo o qual Deus criou o universo e todos os seres, defendem a ideia do design inteligente: os organismos, em particular, são tão complexos que não podem prescindir da ideia de um planejamento superior, misterioso mesmo. A trompa admite uma explicação mais simples: é um dispositivo para aeração e para equilíbrio com a pressão atmosférica. Mas a trompa tem um aspecto simbólico. A garganta é a porta de entrada para a nossa intimidade, o aparelho respiratório e o aparelho digestivo. O ouvido, ao contrário, nos põe em contato com o mundo exterior, através dos sons e das palavras e dos ruídos e da música: a propósito, a trompa é um orgulhoso instrumento musical, que serve para anunciar a chegada dos caçadores e dos poderosos em geral. Mas encruzilhadas costumam ser lugares de risco e vulnerabilidade, e a trompa de Eustáquio não é exceção.

No último fim de semana, viajei para Buenos Aires. Estava resfriado, mas achei que isso não impediria a viagem. De fato não impediu, mas teve consequências. Quando o avião pousou (e isso numa segunda tentativa, porque, na primeira, o aeroporto fechou e tivemos de voltar a Porto Alegre), a trompa, obstruída por secreção, não permitiu a comunicação entre ouvido e garganta, ou seja, com o meio exterior. Resultado: surdez, mas aquele tipo peculiar de surdez que associa a incapacidade de audição com estranhas sensações. Mastigar uma torrada produzia, dentro do crânio, um ruído semelhante a uma trovoada. Ou seja: de repente, eu estava privado do contato auditivo com o mundo, e desagradavelmente provido da capacidade de ouvir barulhos internos, consideravelmente ampliados. Dei-me conta de que se voltar para dentro pode ser uma coisa útil e gratificante (quando, por exemplo, se tem uma inspiração), mas que quando resulta de uma perturbação orgânica é algo aflitivo.

Consultei um colega otorrino, portenho, que me medicou devidamente e me deu um conselho para a volta, um conselho que eu já conhecia e que aqui transmito, porque é útil. Baseia-se no fato de que a deglutição, permitindo a entrada de ar na trompa de Eustáquio, ajuda a equilibrar a pressão entre ouvido e garganta, e, através desta, com a atmosfera. A maioria das pessoas faz isso automaticamente, mas a tarefa pode ser facilitada mediante a simples ingestão de água: tomar líquido é melhor que engolir em seco, uma expressão, aliás, que denota dificuldade emocional.

Moral: comuniquem-se, equilibrem-se com o mundo. Pela via da trompa de Eustáquio ou por qualquer via.

Nem sempre o psiquismo é o mais importante

[19/01/2008]

Este belíssimo filme que é *As loucuras do rei George* (disponível nas locadoras) conta a história verídica do soberano inglês que, no final do século XVIII, começou a apresentar distúrbios mentais tão graves que tiveram de afastá-lo do trono. Durante muito tempo, o diagnóstico (retrospectivo, claro) foi de psicose. Mas, então, no começo dos anos 1970, dois psiquiatras, Ida Macalpine e seu filho Richard Hunter, revisaram os antigos prontuários médicos do rei e tiveram sua atenção despertada por um detalhe que não tinha sido valorizado: a cor da urina do rei, que era vermelho-escura. Essa estranha coloração, sabe-se hoje, sugere uma doença metabólica chamada porfiria, que é hereditária e na qual há falta de uma enzima que destrói substâncias químicas chamadas porfirinas. O acúmulo destas no organismo se traduz por vários sintomas, inclusive mentais, como depressão e delírio.

O diagnóstico não pôde, obviamente, ser comprovado, mas a probabilidade de que seja verdadeiro é grande (outros membros da família real tiveram quadros semelhantes) e nos chama a atenção para um problema importante: muitas vezes, doenças mentais ou psicológicas resultam, na verdade, de problemas orgânicos.

O psiquismo pode fazer uma pessoa adoecer ou ter sintomas. Isso é uma coisa que se sabe há muito tempo. No século XIX, eram comuns, sobretudo em mulheres (então muito reprimidas), as paralisias de natureza histérica. De repente, a paciente não podia mexer um braço. Neurologicamente, estava tudo bem, mas a paralisia estava ali, e era resultante unicamente de um problema mental. Situação parecida é a da pseudociese ou falsa gravidez. Mulheres que desejam desesperadamente ter um filho, de repente, veem o seu ventre crescer, como se contivesse um útero grávido (mas é ar engolido). E, através do estresse, o psiquismo pode fazer surgir doenças às vezes graves. Não é de admirar que, em meados do século XX, a psicossomática estivesse em alta (o termo vem da soma de "psique", ou mente, mais "soma", palavra que em grego quer dizer corpo). Aos poucos, porém, o pêndulo começou a voltar para a posição de equilíbrio, quando se descobriu que doenças atribuídas a uma causa psíquica podem resultar de problemas orgânicos e até mesmo de infecção: o caso da úlcera péptica, classicamente atribuída à tensão emocional.

Em 1982, dois pesquisadores australianos, J. Robin Warren e Barry J. Marshall, sugeriram que a úlcera podia ser causada pela bactéria *Helicobacter pylori*. A hipótese não foi muito bem acolhida e, num esforço para demonstrar sua veracidade, Marshall engoliu uma cultura da bactéria. Logo, desenvolveu gastrite, que é um estágio precursor da úlcera. E teve de tomar antibióticos por insistência de sua mulher, que não suportava mais o mau hálito do paciente.

Doenças neoplásicas, como tumores cerebrais e tumores abdominais (pâncreas, cólon), também podem ter sintomas psíquicos. Nessas circunstâncias, dar um tranquilizante, por exemplo, pode representar uma irrecuperável perda de tempo. Daí emerge uma regra há muito seguida pelos profissionais experientes: em quadros obscuros, com sintomatologia psíquica, primeiro é preciso afastar as causas orgânicas. Uma regra que o pobre rei George III aplaudiria de pé.

O elogio dos canhotos

[24/01/2009]

Meu filho, Beto Scliar, é canhoto. Isto não impede que ele seja um excelente fotógrafo: trabalha a câmera com uma desenvoltura de dar inveja. No que, aliás, ele está na companhia de canhotos ilustres: Leonardo da Vinci, Michelangelo, Toulouse-Lautrec, Robert de Niro, Nicole Kidman, Angelina Jolie (e Brad Pitt, claro), Marilyn Monroe, o Lewis Carroll de *Alice no País das Maravilhas*, Spike Lee, Paul McCartney, Albert Einstein, Napoleão, Pelé (e Maradona, a propósito) e cerca de 10% da população. É uma coisa genética, e seria apenas uma curiosidade, não fosse o significado funcional, e também simbólico, que tem a mão para a espécie humana.

No teto da Capela Sistina, em Roma, há uma pintura famosa, do canhoto Michelangelo: mostra a criação do primeiro homem. Ali está Deus, barbudo e severo, dando vida a Adão. E Ele o faz estendendo a mão para a mão do primeiro homem. Da mão brota a vida. O que faz sentido, quando se pensa que a mão transformou o ser humano no *Homo faber*, capaz de produzir desde machados de pedra até computadores. Mas, claro, para a maioria das pessoas isto se refere à mão direita. O canhoto é diferente. E a diferença sempre foi encarada com suspeição. A mão direita é a destra, e destreza é sinônimo de habilidade; a mão esquerda é, em latim, a sinistra, e o termo fala por si. Mão esquerda, em praticamente todas as culturas, é uma metáfora para o inusitado, para o desviante. "Vai, Carlos, vai ser *gauche* na vida", diz o verso famoso em que Drummond prevê, para si próprio, um futuro incerto, coisa mais que esperada, afinal, ele queria ser poeta, um *gauche* — a palavra francesa quer dizer exatamente isso, esquerda.

E existe ainda o aspecto político. Na Revolução Francesa, os contestadores sentavam à esquerda no parlamento, e desde então esquerda designa aqueles que querem mudar a sociedade, às vezes pela revolução. Por outro lado, em muitos idiomas europeus, "direito" significa aquilo que é certo, correto. No folclore português (e brasileiro), "canhoto" às vezes identifica o demônio. "Ter duas mãos esquerdas" significa inaptidão.

Bem, agora acaba de assumir o governo norte-americano um presidente canhoto (não é o primeiro: George Bush pai também o era, mostrando que neste caso o significado político nada tem a ver com a mão preferencial). A eleição de Obama ajuda os negros a recuperar sua dignidade. Espera-se que ajude os canhotos também.

Lembrem-se dos pés

[07/02/2009]

O bicentenário de Charles Darwin e os 150 anos de *A origem das espécies* permitem evocar a obra de um extraordinário naturalista, graças ao qual podemos compreender a trajetória dos seres vivos como uma constante modificação destinada a garantir a sobrevivência de indivíduos e grupos. No ser humano estas modificações são particularmente notáveis. Para começar, torna-mo-nos bípedes. Nossas antigas patas dianteiras transformaram-se em mãos, capazes de agarrar coisas, de fabricar objetos e, depois, de operar máquinas e instrumentos. Um grande passo, portanto.

Que teve o seu custo. E o custo foi pago por aqueles que, ironicamente, são responsáveis por nossos passos: os pés. Tudo o que as mãos ganharam, os pés perderam. Os pés continuam desajeitados (se bem que, como mostram casos de pessoas que perderam as mãos, podem adquirir surpreendente habilidade), os pés suportam o peso do corpo, agora em dobro. Os pés doem, os pés adoecem, os pés fraquejam. Os pés são a Cinderela do corpo (lembrem que, ao fugir do baile, ela perde um sapato: o pé não o segurou).

* * *

Isto se reflete na mitologia, em expressões populares. Um gigante de pés de barro é alguém que, imponente, tem contudo alguma fraqueza — representada pelos pés. Desta fraqueza também fala a expressão calcanhar de aquiles. O herói mitológico era invulnerável, exceto no calcanhar. A isto temos de acrescentar os castigos infligidos aos pés pelas próprias pessoas, como é o caso do antigo costume chinês de enfaixar os pés das meninas para que não cresçam. "Pegar no pé" é a expressão usada para designar uma espécie de perseguição.

Em contrapartida, e talvez por causa de um sentimento de culpa, existem situações nas quais os pés são glorificados. Mercúrio, o deus do comércio, tem asas — nos pés. Jesus lava os pés dos discípulos, uma prática que o papa repete a cada ano. E o culto chega ao auge no caso dos fetichistas, muitos dos quais têm uma fixação especial pelo pé, que, para Freud, é um símbolo fálico. O poeta do século XIX Luís Guimarães Júnior chegou a dedicar aos pés um soneto, sugestivamente intitulado "A borralheira", que começa com "Meigos pés pequeninos, delicados" e termina com um pedido: "Mimosos pés, calçai este soneto".

Com o que caminhamos em média ao longo de nossas vidas, poderíamos dar três vezes a volta à Terra: 120 mil quilômetros. Não é de admirar que, num recente levantamento feito nos Estados Unidos, 53% tenham se queixado de dores nos pés, tão severas que perturbavam a rotina diária. E os problemas se agravam quando a pessoa é obesa, diabética ou tem distúrbios circulatórios. No entanto, só uma minoria toma providências.

Se os pés pudessem falar, eles não pediriam elogios ou metáforas. Pediriam para ser mais bem tratados, uma coisa que está ao alcance de todos nós. Ajudam muito medidas como usar calçados confortáveis, ter o hábito da caminhada, evitar a contaminação da pele por fungo (quem frequenta piscinas deve, pois, usar chinelos). Os pés certamente agradecem. Melhor que isto, só o soneto do Luís Guimarães Júnior.

O sono que merecemos

[18/04/2009]

Vamos tomar dois textos em que o sono é um elemento importante. Um deles é o Gênesis; lemos ali que, diante da solidão do primeiro homem, Deus faz com que ele adormeça, extrai-lhe uma costela e com ela produz a primeira mulher. Com isto o Senhor certamente realiza um desejo (ainda que não formulado) de Adão e mostra-nos que o sonho pode ser a porta de entrada para a nossa realização como seres humanos. A propósito, foi dormindo (e sonhando) que o poeta inglês Samuel Coleridge imaginou o seu magnífico Kubla Kahn, e foi dormindo (e sonhando) que o químico alemão Kekulé von Stradonitz deduziu a fórmula do benzeno.

No segundo texto temos uma visão bem diferente do sono. Estamos falando de *Macbeth*, a sombria peça de Shakespeare — tão sombria, na verdade, que no mundo teatral anglófono é tida como uma "obra amaldiçoada"; nem mesmo o título é mencionado: as pessoas preferem falar em "The Scottish Play", "A peça escocesa". O enredo é relativamente simples: Duncan, rei da Escócia, hospeda-se no castelo do nobre Macbeth. É então que Lady Macbeth, maquiavélica personagem, traça um plano para assassiná-lo, com o que seu marido se apossará do trono. Vacilante a princípio, Macbeth aceita a proposta e mata o rei. Aí começam as alusões ao sono. Lady Macbeth incrimina os criados de Duncan, adormecidos por causa da bebida a eles oferecida na noite anterior, colocando punhais sujos de sangue junto a eles. Dormir, no caso desses homens, foi algo irresponsável.

Quanto ao casal Macbeth, não demorará a pagar pelo crime. Isto acontece, em primeiro lugar, pelo remorso que de ambos se apossa, um remorso que tira o sono do agora monarca. "Macbeth matou o sono", diz aquele que é talvez o verso mais famoso da peça; dormir, não mais. A insônia será agora o seu verdugo. No caso da mulher, a punição é ainda pior, e mais estranha. Sonâmbula, ela perambula pelo castelo e, numa cena célebre, tenta lavar manchas imaginárias de sangue de suas mãos.

Shakespeare não era psiquiatra. No entanto, e como o próprio Freud, muitas vezes escritores de talento são capazes de interpretar, graças à sua arte, os fenômenos da vida psíquica. O que Shakespeare está nos dizendo é óbvio: uma consciência culpada é a maior geradora de insônia. No caso do casal Macbeth, era uma culpa real; no caso da imensa maioria das pessoas, são culpas imaginárias gerando um tipo de autopunição que muitas vezes chega às raias do absurdo. Em contraste, nós temos o sono de Adão, um sono induzido pelo Senhor e do qual ele acordará para descobrir, surpreso e maravilhado, que sua vida tomou um novo e surpreendente rumo. Este, amigos, é o sono que todos nós merecemos.

Humores e hormônios

[05/03/2011]

Hipócrates, médico grego que viveu no quinto século antes de Cristo e que é considerado o pai da medicina (sobretudo por ter deixado de lado as crenças mágico-religiosas, privilegiando o raciocínio e o estudo dos fenômenos naturais no que dizia respeito ao organismo), afirmava que nosso temperamento é condicionado pelo que chamava de humores, e que eram quatro: o sangue, a linfa, a bile amarela e a bile negra. O tipo sanguíneo, por exemplo, seria um cara energético, dinâmico, ativo; já a bile negra (um fluido imaginário, na verdade) deixaria a pessoa melancólica.

Hipócrates estava errado, mas não muito. Há substâncias que condicionam, sim, características pessoais; mas não são os humores, são os hormônios, cuja descoberta é muito mais recente.

Tomem, por exemplo, a testosterona, cujas taxas são cerca de trinta vezes maiores nos homens do que nas mulheres, caracterizando muito daquilo que a gente poderia chamar de perfil masculino, os caracteres sexuais secundários (barba, voz grossa), a agressividade. Este hormônio se eleva em circunstâncias especiais; por exemplo, em torcedores que veem seu time entrar em campo. Mas a testosterona também pode baixar, inclusive em homens. Recentemente, foi divulgado um trabalho a respeito, mostrando que as lágrimas de uma mulher diminuem a taxa do hormônio em homens, tornando-os menos agressivos, mais compassivos. A dúvida de imediato surge: isto é resultado do fato de ver a mulher em pranto? Não. Os cientistas trataram de evitar que os homens estudados vissem as mulheres chorando; impregnaram fragmentos de papel absorvente com as lágrimas e fizeram os homens cheirá-los, com o que a concentração da testosterona caiu cerca de 15%.

Somos, então, condicionados pelos nossos hormônios? Só em parte. Não devemos esquecer que o ser humano é um ser racional e emocional. É bom solidarizar-se com o sofrimento de pessoas, mas não precisamos baixar a testosterona para isto. Basta-nos a sinceridade, para seguirmos aquilo que temos de melhor em nós próprios. E que não depende de nenhuma substância, venha ela de fora ou de dentro do nosso organismo.

V. OS MALES QUE NOS AFLIGEM

Ninhos vazios

[24/08/1996]

Na depressão pós-parto, os fatores biológicos (hormônios e outros) desempenham um papel importante, mas isso não reduz os aspectos simbólicos desta frequente e melancólica situação, que fala não apenas de um problema da mulher, mas de nossa fragilidade como seres humanos. Diziam os antigos que a natureza padece de um *"horror vacui"*, o horror do vazio. Pois a nós o mesmo mal aflige. Precisamos preencher os nossos vácuos interiores. Uns o fazem com comida, outros com bebida, outros com leituras, mas nada disto tem a transcendência da gravidez. Grávida, a mulher está, como diz a linguagem popular, cheia. Mas esta plenitude não elimina a inquietação, pois a vida que nasce está envolta em mistério, um delicioso e assustador mistério. Contudo, o próprio mistério preenche espaço. Estranho no ninho, sim, mas com direitos adquiridos e incontestáveis.

É estranha a comparação entre o útero e um ninho? De maneira alguma, como o demonstra a própria linguagem médica: ela diz que o ovo fecundado nida no útero. E, como os ovos dos pássaros nos ninhos, ali permanecerá até o momento em que se romper o frágil envoltório que separa a vida virtual da vida real.

Uma ruptura que não se faz sem trauma. A criança que nasce é uma continuidade da mãe, mas é um ser autônomo. Ocupará um lugar na sua vida, mas deixará, na escura noite do ventre, um espaço não preenchido, uma perplexidade. Um dilema hamletiano acomete a jovem mãe: é meu ser, este, ou é outro ser? Se é outro ser, onde está meu ser? E daí a depressão, a mesma depressão que acometeu o príncipe da Dinamarca.

E que se repetirá ao longo da existência. Volta e meia encontraremos o ninho vazio. Na adolescência de nossos filhos, por exemplo, é a visão da cama não desfeita — às cinco da manhã — que nos atormentará. Mas, cedo ou tarde, o adolescente volta para casa, quem não volta são os filhos que casam e saem para constituir um novo lar. O que fica no ninho vazio, no quarto que eles já não ocupam? Roupas que não mais querem, fotos antigas, livros que não podem ser levados, porque o apartamento do casal é — como todos os apartamentos de jovens casais — pequeno. Neste ninho vazio, pai e mãe (mais mãe do que pai) passarão horas, sentados na cama, com olhar perdido, lembrando a infância do filho e da filha.

Mas a natureza, que — como já sabemos — tem horror a vácuo, é sábia e provê soluções. Os netos preenchem a lacuna na vida do casal que não mais tem os filhos em casa. E a jovem mãe acaba se recuperando da depressão pós-parto, que, felizmente, é um problema passageiro e benigno. Breve os cuidados com o bebê estarão exigindo sua atenção. Um mandato que decorre do misterioso instinto da preservação da espécie — mas sobretudo um mandato de amor que é, como se sabe, o grande antídoto para qualquer depressão.

Em defesa dos fumantes

[14/06/1997]

Não se iludam com o título. O autor destas linhas, ex-fumante e médico de saúde pública, não tem nenhuma dúvida quanto aos efeitos danosos do tabaco. Estamos diante de uma das maiores ameaças à saúde já enfrentadas pela humanidade, responsável pela verdadeira epidemia de câncer de pulmão e de outras doenças que se verifica em muitos países, inclusive no nosso. Mas condenar o fumo não é condenar os fumantes, um erro que por vezes se comete nas campanhas contra o tabagismo. O fumante é olhado como um vilão, uma pessoa que tem prazer em destruir a própria saúde, em poluir o ambiente, em envenenar as pessoas que lhe estão próximas. Será que não é diferente? Não será o fumante o elo fraco de uma cadeia de tensões resultantes dos enormes interesses em jogo na questão do cigarro?

Fumar é uma forma de oralidade, mas, diferentemente do comer, não é uma forma de oralidade natural. Nenhum animal aspira fumaça. Mais: os índios, que conheciam o tabaco, não fumavam sistematicamente. Quem ensinou o público a fumar foi a indústria. E o fez de duas formas: primeiro, simplificando consideravelmente o hábito de fumar; depois, tornando este hábito parte da vida social. O esforço publicitário atrás disto foi incrível. Uma vez li um artigo sobre a maneira pela qual o charuto se tornou aceitável. Charuto era coisa de marginal; cada vez que os jornais americanos fotografavam um gângster, ele estava fumando. A indústria então começou a pagar a fotógrafos para que mostrassem personalidades respeitáveis empunhando charutos. Atrizes diziam em filmes quanto admiravam os fumantes de charuto. E assim por diante, até mudar a imagem do fumante de charuto.

Então: durante décadas as pessoas foram convencidas de que fumar é bonito. De repente descobre-se que não é nada disto. Os fumantes passam a ser olhados como seres inconvenientes, quando não perigosos. Já é uma cena comum o grupo que se forma à porta de um prédio de escritórios, constituído pelas pessoas que têm de fumar na rua (às vezes enregeladas por causa do frio).

A indústria do cigarro está aproveitando esta nova conjuntura. Alega que a regulamentação crescente em relação à publicidade e à venda do cigarro representa uma intervenção indébita do Estado na esfera individual. Fala em direitos dos fumantes, como outros falam em direitos humanos. Fachada. Todos sabem que a indústria do tabaco faz o que pode para aumentar o número de fumantes, dirigindo a propaganda a mulheres e a crianças (recentemente o governo americano proibiu a figura do Joe Camel, claramente orientada para o público infantil) e até selecionando plantas com teor mais alto de nicotina. A campanha antitabagismo, muitas vezes formulada em termos agressivos, encontra obstáculo no mecanismo psicológico que Leon Festinger denominou dissonância cognitiva. Quando as informações que nos são dadas chocam-se contra nossos hábitos, optamos por uma de duas alternativas: mudamos os hábitos ou negamos as informações. O fumante desesperado é capaz de negar que o fumo esteja associado ao câncer de pulmão.

O que os fumantes necessitam é de apoio, encorajamento. Eles também querem deixar de fumar. Lutam, porém, contra uma poderosa dependência química. Não é necessário que lutem também contra a hostilidade dos que lhes são próximos.

Doce melancolia

[09/08/1997]

"A carne se liquefaz em urina." Com estas palavras Areteu da Capadócia, um médico dos primeiros anos da Era Cristã, descreve o diabetes. Alude a dois sinais da doença: o emagrecimento e a poliúria, isto é, o aumento da quantidade de urina. Um outro sintoma, a sede, consequência da desidratação provocada por esta poliúria, aparece num poema do americano (nascido em 1925) James Dickey: "Uma noite eu tive a sede de um príncipe/ depois a de um rei/ depois a de um império/ e a de um mundo em fogo".

O diabetes é uma doença conhecida desde a Antiguidade. Os sintomas são evidentes, e não é preciso laboratório para o diagnóstico: as formigas que acorriam ao local em que os diabéticos urinavam evidenciavam a presença do açúcar nesta urina. Daí o nome melito, doce, dado à enfermidade (há um outro diabetes, insípido, em que a pessoa urina muito, mas a urina não contém glicose).

Doce melancolia. Aquilo que se constitui em guloseima — o açúcar, os doces — torna-se tabu para os diabéticos. É possível que na Antiguidade ocidental esta proibição não pesasse tanto. O açúcár era muito menos usado. Os alimentos eram adoçados com mel, produto mais difícil de obter — enfrentar abelhas não é fácil — e no qual os glicídios estão necessariamente diluídos. Mas então veio a descoberta da América. O Caribe e o Nordeste brasileiro foram destinados quase que exclusivamente ao cultivo (com mão de obra escrava) da cana-de-açúcar — para satisfazer a gula europeia. Em cem anos o consumo de açúcar na Inglaterra aumentou em 800%. No Caribe, criaram-se verdadeiras "ilhas de açúcar", Cuba sendo o maior exemplo, precursoras das *"banana republics"*. Com a baixa do preço, o açúcar tornou-se, literalmente, um barato, principalmente quando adicionado ao chocolate; a euforia provocada pelo momentâneo aumento da taxa de glicose no sangue passou a ser um hábito social. A obesidade era sinal de beleza: basta olhar as gordinhas holandesas no quadros de Rubens para constatá-lo. O diabetes emergiu como um problema de saúde pública.

Havia um enigma na enfermidade: em que órgão ela se originava? A resposta foi dada, com toda a certeza, em 1890, quando Joseph von Mering e Oskar Minkowski provaram que a retirada do pâncreas, em cães, causava diabetes. Mas foi somente neste século que dois pesquisadores da Universidade de Toronto, Frederick Banting e Charles Best, conseguiram isolar das chamadas ilhotas de Langerhans (agrupamentos de células dispersos no pâncreas) uma substância capaz de regular o metabolismo do açúcar. Denominaram-na insulina, porque "insulina", em latim, é ilha — ilha parece ser um acidente geográfico constante na história do diabetes. De início trataram animais com êxito; mas em 1922 (há 75 anos, portanto — um aniversário que passou despercebido) usaram a substância num ser humano. Tratava-se de um menino de catorze anos, portador de diabetes juvenil, que é uma forma mais grave da enfermidade, e que estava morrendo. Depois de alguma hesitação, Banting e Best aplicaram-lhe insulina — e a melhora foi imediata. O tratamento do diabetes passava por uma revolução. A carne já não se liquefazia na urina. E James Dickey também não precisaria mais ter a sede de um príncipe, mesmo porque o açúcar, agora substituído pelos edulcorantes, deixou de ser uma guloseima nobre.

O que, mesmo, é doença?

[18/04/1998]

Em 1851, falando diante da Associação Médica de Louisiana, o famoso dr. Samuel Cartwright chamou a atenção de seus colegas para uma doença que, segundo ele, grassava entre a população negra dos Estados Unidos, à época composta de escravos. Essa enfermidade, que atendia pelo pomposo nome de drapetomania, tinha uma única característica: o escravo atingido por ela ficava possuído de uma incontrolável vontade de fugir do senhor. E escravo fujão, para a mentalidade escravocrata, só podia ser escravo doente.

Esta historinha traz à baila uma questão que não é tão infrequente: o que, mesmo, é doença? Ninguém tem dúvida de que câncer é uma doença: compromete dramaticamente o organismo da pessoa, pode levá-la à morte. E ninguém tem dúvida de que uma voz desagradável, para citar outro exemplo, não chega a ser enfermidade. Podemos não gostar de certo tipo de voz, mas ninguém é obrigado a ser Pavarotti, Roberto Carlos ou

Paulo Sant'Ana. Mas isso são os extremos. Entre estes, há uma espécie de terra de ninguém, uma região de limites imprecisos, em que o critério de doença está ligado à mentalidade corrente, ou, o que é mais sinistro, à situação política. A psiquiatria soviética estava cheia de tristes, e ilustrativos, casos. Gente que se opunha ao regime e que, recebendo um diagnóstico qualquer, análogo à drapetomania, era sumariamente trancafiada nos hospitais psiquiátricos. A lógica atrás disso era a seguinte: o governo quer o bem-estar de todos os cidadãos. Quem se opõe ao governo só pode estar sofrendo de um distúrbio psiquiátrico. Veredicto: hospício. Uma situação semelhante à que Joseph Heller descreve no famoso *Catch-22*.

Ambientado à época da Segunda Guerra, o romance descreve uma base aérea da qual partiam missões virtualmente suicidas: poucos eram os pilotos que retornavam com vida. A única forma de escapar à convocação era recorrer ao psiquiatra da base, que explicava aos pilotos: "Vocês só podem evitar as missões se provarem que estão loucos. Mas se vocês querem escapar das missões, é porque estão com o juízo preservado — e portanto têm de voar". Este era o *Catch-22*, um argumento do qual ninguém escapava.

Nos anos da ditadura, alguns médicos brasileiros prestaram serviços aos torturadores. A missão deles era manter os prisioneiros em condições de saúde que permitissem a tortura. Estar sadio, no caso, era precondição para o suplício, para as lesões, para a morte, às vezes. Ou seja, uma adaptação do *Catch-22* aos tempos da repressão.

Podemos imaginar que tratamento também recebiam aqueles que queriam fugir.

Drapetomania é uma doença séria.

Histórias de camisinhas

[23/10/1999]

No século XVI, uma epidemia de sífilis espalhou-se pela Europa. Trazida ou não pelos marinheiros de Colombo, o certo é que a doença se disseminou, graças em grande parte ao relaxamento dos costumes — consequência da modernidade. Não houve tratamento eficaz; usava-se o mercúrio, que matava o micróbio mas, sumamente tóxico, deixava o paciente em petição de miséria. Seria possível evitar a sífilis, mas sem evitar o sexo?

A resposta foi dada pelo grande anatomista italiano Falópio (que descreveu, a propósito, as trompas de Falópio). Num trabalho publicado em 1564 — póstumo; ele morrera dois anos antes —, Falópio diz que os não circuncisos podiam se proteger da infecção colocando um pedaço de pano sobre a glande e fixando-o com o prepúcio. Na verdade, uma manobra muito pouco prática e nada garantida. Contudo, é a Falópio que se atribui a descoberta do condom, embora uma lenda diga que os romanos já usavam, com o mesmo propósito, bexigas de bode.

A ideia pegou, mas na linha dos romanos, não de Falópio. Dois séculos depois, condoms já estavam disponíveis, feitos de tripas ou de pele de peixe. O objetivo agora não era só evitar a sífilis, mas também a gravidez. Nas palavras do galante Casanova: "É preciso colocar o sexo ao abrigo de qualquer medo". As camisinhas eram vendidas em bordéis e em alguns estabelecimentos comerciais, sendo especialmente recomendadas, segundo um anúncio da época, para "cavalheiros, embaixadores e capitães de navio viajando para o estrangeiro". Subjacente a isto está a ideia de que a doença venérea era coisa de outros países. Os italianos falavam no "mal gálico", aludindo à França, mas os franceses respondiam com um "mal napolitano". A camisinha era então um objeto sofisticado; os militares ingleses, por exemplo, usavam-na decorada com as cores de seu regimento. Mais tarde, o retrato da rainha Vitória apareceria nas caixinhas dos preservativos. Prestígio, ou um breve contra a luxúria? Nunca ficou esclarecido.

A camisinha era muito cara. Mas então a tecnologia veio em socorro dos aflitos amantes. Com a descoberta da vulcanização da borracha, em 1843-4, tornou-se possível fabricar condoms mais baratos e apropriados. A partir daí o uso se propagou. Os antibióticos, que foram um grande avanço na luta contra as doenças sexualmente transmissíveis, levaram também a um certo descaso com a prevenção — que voltou a ser valorizada com a corrente epidemia de aids.

Mesmo assim ainda existem muitos obstáculos ao uso do condom. Um médico tailandês que encontrei num simpósio de saúde pública contou-me uma história muito ilustrativa. Para mostrar aos camponeses da região como usar o preservativo, ele colocava um no próprio polegar. Um dia veio ao posto de saúde um camponês furioso: ao contrário do que o médico dissera, sua esposa havia engravidado. O doutor perguntou como tinha usado o preservativo. No dedo, como o senhor mostrou, foi a resposta.

O nosso nível de informação é maior, mas mesmo assim o condom ainda precisa ser mais difundido. Não é preciso chegar aos exageros como aquele que vi em uma camiseta: "Machão não usa camisinha; machão manda plastificar". Mas é preciso, sim, lembrar que sexo seguro não é sexo amedrontado. Sexo seguro é, simplesmente, sexo informado.

A estrada e o pânico

[24/02/2001]

Ela tem 25 anos, é formada em arquitetura, casada e, de modo geral, considera-se uma pessoa sadia. Há duas semanas vinha dirigindo sozinha pela *freeway* quando de repente começou a sentir-se tonta, nauseada, as mãos formigando. Suava muito e tinha dificuldade de respirar. Não conseguiu mais dirigir; estacionou o carro e, pelo celular, chamou um médico. Este veio e fez um diagnóstico que está se tornando cada vez mais comum, afetando milhões de pessoas.

Doença do pânico. Trata-se de uma entidade agora reconhecida e razoavelmente bem estudada. Seu nome evoca o deus grego Pan, quase sempre representado tocando uma característica flauta. Quando não estava tocando o instrumento, estava correndo atrás das ninfas, com propósitos não muito inocentes.

A pergunta é: o que tem a ver uma divindade tão debochada com ataques de pânico? É que, durante uma batalha dos deuses contra os gigantes, Pan soltou um grito tão forte que botou estes últimos a correr, assustados. Os gregos também achavam que Pan tinha apavorado os persas na batalha de Maratona. Daí por diante, pânico ficou sinônimo de medo exagerado, sem razão aparente.

Um aspecto curioso da doença do pânico é que ela frequentemente se associa com agorafobia. "Ágora" também é uma palavra grega, significando praça, lugar aberto. Agorafobia, portanto, é o temor de lugares abertos. E estes incluem as estradas — como aquela em que vinha a arquiteta —, e os viadutos. As pessoas ali se sentem desamparadas, como que soltas no espaço. No viaduto, em geral, pioram quando estão na faixa de maior velocidade. É como se o acostamento proporcionasse, se não um abrigo, pelo menos um conforto.

Do ponto de vista psicodinâmico, os ataques de pânico têm origem em temores infantis. Se a criança teve vivências traumáticas, se não se sentiu adequadamente protegida pelos pais em situação de ameaça real ou imaginária, ela vai se transformar em um adulto também vulnerável. E a estrada é hoje o símbolo da insegurança em nosso mundo. É um lugar aberto, às vezes em meio à vastidão, um lugar de intenso movimento e de barulho: motores roncando, buzinas soando, o vento zunindo. Um lugar capaz de despertar ansiedade.

Até há pouco tempo, as pessoas com doença do pânico tinham dificuldade de falar do problema. Não queriam ser rotuladas como medrosas, como covardes. Ficavam deprimidas, às vezes recorriam ao álcool. Hoje há mais abertura em relação ao problema; as pessoas devem, sim, consultar o médico. Em primeiro lugar, porque o pânico pode resultar de uma doença orgânica: excesso de funcionamento da glândula tireoide, arritmia cardíaca. Em segundo lugar, porque a doença do pânico pode ser tratada — com medicamentos, com psicoterapia e com técnicas comportamentais. Às vezes, o simples fato de aprender a respirar calmamente já ajuda.

O deus Pan está solto em nosso mundo. Não toca flauta, toca buzinas potentes. Mas continua sendo, em grande medida, uma criatura imaginária.

O medo alavancado pela imaginação

[14/04/2001]

O medo é uma coisa saudável. Avisa-nos que estamos diante do perigo e que, se o perigo é superior às nossas forças, fugir (ou "bater em retirada", se vocês quiserem uma expressão mais aceitável) pode ser uma atitude prudente. Mas, para o medo funcionar como tal, tem de estar associado à racionalidade.

Fobia é uma coisa diferente. Fobia é o medo aumentado, e deformado, pela imaginação. O que poderia ser expresso pela fórmula $F = M \times I$, fobia é igual a medo multiplicado por (ou pela) imaginação. Só depois de ter escrito isto é que me dei conta das três letras em jogo, FMI. Mas a coincidência não deixa de ser apropriada. O FMI inspira fobias. E o FMI também tem suas fobias.

De que maneira a imaginação transforma o medo em fobia? Criando, instantaneamente, uma mini-história. Vamos supor que se trate de uma pessoa com aviofobia, o medo de voar, que deu título a um romance da americana Erica Jong. Trata-se de um temor bastante comum. O arquiteto Oscar Niemeyer, por exemplo, tem de fazer longas viagens de carro porque não entra em avião (verdade que, no caso dele, o carro é um Mercedes, o que ameniza a fobia). A pessoa que não tem esse medo patológico entra num avião, senta-se, pega um jornal e esquece de onde está. O aviofóbico não apenas não esquece, como vive a sua aterrorizadora mini-história: o avião em pane etc. Como disse Cervantes, o medo tem muitos olhos. E vê riscos em toda parte.

A imaginação tem uma incrível capacidade de fabricar fobias. Mostra-o a lista coletada no site www.phobialist.com, que contém mais de quinhentas fobias, citadas em recente matéria de capa da revista *Time*. Algumas são, digamos, compreensíveis. Harpaxofobia, por exemplo. (As fobias muitas vezes têm estas denominações complicadas, tiradas do grego ou do latim.) É o temor de ser roubado. Ora, qualquer morador de uma cidade brasileira entenderá perfeitamente um harpaxofóbico, se não for um deles. Também não estranhamos muito a ceraunofobia, o medo de trovão pelo qual muitos de nós passamos, ao menos na infância, e a bacilofobia, que é o medo de bacilos — afinal, já disse alguém, a partir do século XIX, boa parte dos seres humanos deixou de temer a Deus e passou a temer os micróbios.

Há também situações sobre as quais nos interrogamos: é mesmo fobia ou é disfarce? Se um adolescente diz sofrer de ablutofobia — temor do banho —, será que os pais acreditarão? Mas a maior parte das fobias nos surpreende por outros motivos. Parafraseando Pascal, constatamos que o inconsciente tem razões que a razão do consciente não compreende. É o caso da araquibutirofobia, o medo à manteiga de amendoim, aliás, não muito usada no Brasil. Qual é o problema com esta substância? Ela adere ao céu da boca. E isto dá fobia. Há pessoas que têm bibliofobia, medo de livros, e pessoas que têm aurofobia, medo do ouro (nada relacionada com a cotação do metal em bolsa).

A coisa de que mais devemos ter medo é o próprio medo, disse Franklin D. Roosevelt, presidente dos Estados Unidos, em seu discurso de posse (1933). Essa frase foi pronunciada num momento importante da história: o país enfrentava uma recessão, e o medo — do desemprego, da pobreza — era generalizado. Mas, se esse medo tinha fundamento, o medo autônomo, a fobia, poderia comprometer a nação como um todo. Na lista de fobia há uma fobofobia, ou seja, o medo de ter fobias. Esta é provavelmente a primeira que desaparecerá. Novos tratamentos estão surgindo, graças aos quais muitas pessoas estão se livrando de seus medos patológicos, inclusive do medo de ter medo. Um dia ainda teremos saudade da época em que galinhas assustavam. Caso você não saiba, trata-se, ou tratava-se, da alecterofobia.

Os gordinhos em foco

[18/08/2001]

O gordinho mais famoso da literatura mundial é, sem dúvida, o Joe, que aparece em *As aventuras do sr. Pickwick*, de Charles Dickens. O grande escritor inglês do século XIX descreve-o como um garoto amável, sempre atento quando se trata de comida — e sempre propenso a cair no sono nas situações mais inesperadas. Na medicina, esta situação chegou a dar nome a um quadro clínico, a síndrome de Pickwick, aquela irresistível sonolência que acomete alguns obesos e que se deve a um problema orgânico: uma dificuldade de respirar que resulta, por sua vez, na falta de oxigênio para o cérebro.

É apenas um dos problemas associados à obesidade. Mas, com seu Joe, Dickens estava se revelando curiosamente profético. O excesso de peso está se tornando um problema cada vez mais comum em jovens. Que nisto seguem a tendência da população em geral. Nos Estados Unidos, cerca da metade da população tem excesso de peso. As autoridades de saúde lá já falam na epidemia de obesidade que acomete o país, uma epidemia que começa a preocupar tanto quanto as epidemias de doenças propriamente ditas.

No passado, o grande problema de saúde era a desnutrição. No Brasil, no período de 1975 a 1989, quase dois terços das crianças pequenas apresentavam-se desnutridas em algum grau. Mas, entre 1989 e 1996, esta porcentagem caiu para 20%. A obesidade infantil, por outro lado, vem aumentando — em todo o mundo. Este crescimento desdobra-se em duas fases.

No começo, são obesas as crianças de famílias de maior renda. De novo, o Brasil é um exemplo: em 1974, eram obesas 2,5% das crianças menores de dez anos em famílias pobres, enquanto nas famílias de maior renda esta porcentagem elevava-se para 10%. Mas também isto mudou. Excesso de peso já não é mais coisa de famílias endinheiradas. No Canadá, a obesidade infantil está presente em um quarto das crianças pobres — mas só em 5% das crianças ricas. Algo semelhante se passa nos Estados Unidos. Ao que tudo indica, esta se tornará a regra.

Por quê? Em primeiro lugar porque — dependendo do país, claro — comida não é mais problema: até pobre pode comer. Só que o alimento do pobre é, frequentemente, calórico, gorduroso. Pobre não pode incluir as caras frutas e verduras na sua dieta. Além disto, os pobres são mais atingidos pela publicidade daquilo que os americanos chamam de junk food, coisas que engordam mas nutrem pouco.

Mais ainda: antes, pobre trabalhava muito e seu trabalho era predominantemente físico. Hoje, todo mundo trabalha menos, mas as classes afluentes podem gastar o excesso de calorias nas academias de ginástica. Os pobres não conseguem fazê-lo. Resultado: a obesidade está se configurando em novo estigma social, como era (e ainda é) o lugar de moradia, a cor da pele, o grau de instrução.

Em suma: a obesidade infantil está se tornando um problema de saúde pública. Gordinhos são simpáticos, e é bom que haja gente simpática no mundo, mas quando o excesso de peso começa a castigar o aparelho circulatório, as articulações, a coluna, está na hora de prestar atenção ao assunto — um recado que se dirige não apenas aos profissionais de saúde, mas a educadores, aos pais, a todos, enfim. Todos nós temos obrigação de mudar esta cultura da oralidade e do sedentarismo. Ou vamos fazer como Joe, aquele que caía no sono a qualquer momento?

Os usos do esquecimento

[04/05/2002]

Se há coisa que as pessoas temem é a perda da memória. Esquecer nomes, rostos, números de telefone é uma ameaça que vai crescendo exponencialmente com a idade até se transformar em pânico. O que gerou uma verdadeira indústria da memória. O Renascimento especializou-se em técnicas mnemônicas. Uma delas era o "teatro da memória", esta concebida como uma espécie de anfiteatro: em cada fileira eram acomodadas ideias ou recordações devidamente agrupadas. Depois, surgiram as substâncias químicas. Quando se descobriu que o fósforo tem certo papel no metabolismo cerebral, produtos à base de fosfato invadiram o mercado. Mas tratava-se de um uso empírico: até recentemente o cérebro era um território misterioso. Para estudá-lo, era preciso encontrar casos de lesões em áreas circunscritas e ver que tipo de problema resultava de tais lesões. Hoje, com o enorme progresso na área de radioimagem, essa tarefa ficou consideravelmente mais simples. Estamos vivendo uma verdadeira era do cérebro. E com isso surgiu uma nova mnemônica, cujo princípio básico é exercitar a função da memória. Exercitar não no sentido em que se exercita o músculo. No caso do cérebro, a ideia é estimular a formação de conexões entre células nervosas. Para isso, é preciso romper com a rotina; é preciso pensar em coisas diferentes. É preciso flexibilização, uma palavra que apavora os assalariados, mas que, no caso da memória, funciona.

Mas será que esquecer é mesmo tão ruim? Será que não existe um uso no esquecimento? Freud sustenta que sim. Esquecemos, dizia ele, as coisas que nos traumatizam, que nos afligem. Mas, quando esquecemos, essas coisas não estão perdidas. Assim como existe a "lixeira" no computador, o lugar para onde vão os textos deletados, temos, em nossa mente, um compartimento chamado inconsciente, de onde memórias podem, eventualmente, ser recuperadas. Mas só serão recuperadas mediante entendimento, esclarecimento; caso contrário permanecerão como causa de conflito.

A verdade é que não podemos lembrar tudo, e o esquecimento é uma proteção contra a sobrecarga. Também é verdade que não precisamos lembrar tudo: existem agendas, existem cadernetas, existem gravadores, fotos, vídeos. A aflição que uma pessoa sente por esquecer é, não raro, um prejuízo maior do que o próprio esquecimento. É muito melhor dizer algo como "desculpe, esqueci seu nome", do que ficar suando frio e escavando em vão a memória. Isso sem falar nas situações em que pessoas — mas são pessoas especiais — optam abertamente pelo olvido. "Nunca esqueço um rosto — mas no seu caso abrirei uma exceção". Essa frase, um primor de franqueza, foi dita por alguém a uma pessoa muito chata. Infelizmente, esqueci quem foi esse alguém.

Sem medo de ser infeliz

[28/12/2002]

Se a gente concebe a vida como uma trajetória bipolar — períodos de euforia alternando-se com outros, de desânimo —, então o fim do ano certamente é uma época maníaca, caracterizada por uma busca frenética. Alegria, alegria é o lema desses dias, que começam com o ho-ho-ho do Papai Noel e terminam com o espoucar das rolhas de champanha no fim do ano. Para muitas pessoas, essa é uma alegria genuína, a excitação do novo. Mas, para outras, é uma fase melancólica, penosa. O executivo desempregado. A pessoa que perdeu um familiar. Os enfermos. Gente cujo sofrimento é agravado pela euforia generalizada e que não pode ser partilhada.

Não se deve ter medo da tristeza, ou até mesmo da infelicidade. São partes da condição humana e desempenham inclusive um papel estabilizador em nossa vida emocional. A melancolia é a grande moderadora da mania; no seu sentido mais filosófico, representa uma meditação acauteladora sobre os rumos do mun-

183

do e da vida. Sem a melancolia, provavelmente nós nos consumiríamos (e esta é uma expressão muito boa) na fogueira das vaidades e da competição. A melancolia representa uma meditação serena, ainda que triste, sobre o reino das aparências. Jorge Luis Borges, que em seus textos muitas vezes fez esta meditação, fala no "sacrossanto direito" à tristeza e até mesmo à derrota, um direito que seria consolador para muitos torcedores de futebol. E Freud, que conhecia profundamente o psiquismo, dizia que o estado mais desejável para o ser humano não é o de uma impossível felicidade, mas de uma "tranquila infelicidade". Se não podemos ser felizes sempre, podemos pelo menos ser tranquilos.

Assumir a própria tristeza e a própria melancolia representa um passo importante para o autoentendimento. Não é outro, aliás, o objetivo das várias formas de psicoterapia, que muitas vezes é menos um tratamento do que um processo, guiado, de descobrimento das camadas mais profundas do nosso ser. Quando esse processo funciona — e ele sempre funciona, em maior ou menor grau —, temos uma precondição para a genuína alegria. Não a alegria que nos é empurrada goela abaixo, mas aquela que brota dentro de nós, potencializada pelo afeto daqueles que nos são caros. A tristeza dá, assim, lugar a uma alegria menos esfuziante, menos barulhenta, porém mais autêntica. E aí, quando falamos em Feliz Ano-Novo, estamos realmente muito próximos da verdade.

Entendendo a melancolia

[28/06/2003]

Há pacientes dos quais um médico não esquece. Entre os vários casos que me impressionaram estava o de um homem, já maduro, solteirão, e que sofria de doença bipolar: rapidamente passava da mais funda depressão para a mais eufórica mania, e vice-versa.

Quando estava deprimido, era uma tristeza, inclusive para as pessoas que com ele conviviam: ficava deitado, imóvel, não falava. Mas, quando estava maníaco, não havia mulher pobre em Porto Alegre: transformado em um alegre e esfuziante conquistador, ele percorria os redutos do sexo em Porto Alegre distribuindo dinheiro a rodo.

Doença, sem dúvida. Mas doença altamente simbólica. A bipolaridade desse homem é um reflexo da bipolaridade que todos, em maior ou menor grau, vivemos, e que teve início no ciclo histórico no qual ainda estamos: a modernidade.

A modernidade nasceu bipolar. A atividade econômica, que nos séculos prévios havia sido muito limitada, acelera-se com um vigor maníaco: os descobrimentos marítimos, o surgimento de novos ramos comerciais, a especulação financeira. Consequência: riqueza (para alguns, pelo menos). Luxo. Luxúria: sexo está na ordem do dia, e o resultado (no século XVI) é uma epidemia de uma doença até então desconhecida, a sífilis.

E a depressão? Naquela época não tinha esse nome. Mas, nos círculos intelectuais, reinava a melancolia: uma espécie de superior desgosto diante de um mundo aparentemente caótico. Os melancólicos, que desde Aristóteles eram conhecidos como pessoas geniais, liam, escreviam, pintavam, compunham — eram até admirados. Para outros, contudo, a melancolia era um problema, pela simples razão de que, numa sociedade competitiva como a nossa, a pessoa desanimada é inadequada: falta-lhe energia para produzir, para abrir seu caminho.

A melancolia foi sendo cada vez mais rejeitada até que, no século XIX, a própria palavra foi eliminada dos manuais psiquiátricos, porque era muito vaga. Entra em cena o novo termo: depressão. Para a qual o único tratamento era, no início, o eletrochoque. Depois, com melhor conhecimento da bioquímica cerebral, surgiram os antidepressivos, inclusive aquela revolução denominada Prozac, que não é apenas um medicamento, é uma cultura.

Isto não quer dizer que depressão não deve ser entendida. Os melancólicos procuravam motivos para seu mal-estar, e Freud buscou fazer o mesmo. Esse processo de autoentendimento pode ser longo (e caro), remédio parece mais fácil e mais rápido. Agora: o nosso psiquismo não é apenas o resultado da ação de substâncias químicas. Nosso relacionamento com outros e com nós próprios é fundamental.

Em 1631, Robert Burton escreveu um livro extraordinário,

A *anatomia da melancolia*. Assim como a anatomia revelou o interior do corpo humano, ele achava que nós devíamos explorar a nossa mente. No que estava absolutamente certo. Burton, autoproclamado melancólico, usou sua própria melancolia para iluminar o mundo. Um exemplo no qual vale a pena pensar.

Vírus e janelas

[10/04/2004]

Na infância, e influenciado por livros de aventuras, eu acreditava que a grande ameaça para os seres humanos era representada pelas feras: leões e tigres estavam prontos para nos destruir. Com o tempo fui descobrindo que esses pobres felinos, apesar de suas garras e presas, não passam de espécies quase extintas, objeto de curiosidade em reservas naturais, zoológicos, circos. Leões e tigres são muito grandes, portanto alvos fáceis para as armas de fogo que aos poucos os foram liquidando.

Na luta pela existência, vale a lição hoje muito bem ilustrada pelo telefone celular: quanto menor, melhor. Em termos de saúde, o perigo real é representado por seres invisíveis, dos quais a humanidade só tomou conhecimento há pouco mais de um século, quando o microscópio passou a ser usado para investigar causas de doenças. Assim foram descobertas as bactérias. Para achar os vírus, levou-se mais tempo. Mas, quando tal aconteceu, ficou claro que se tratava de uma ameaça tão implacável como enigmática.

Não é, obviamente, uma ameaça nova. Há marcas de varíola, uma doença viral, em múmias do Egito. Mas, mesmo antigos, os vírus se renovam de maneira a aproveitar as oportunidades que surgem. Essa frase pode sugerir que estamos diante de criaturas maquiavélicas, em constante conspiração para acabar com a gente.

Ou seja: demonizamos os vírus, projetamos neles nossa paranoia. O que é uma bobagem. Vírus, na verdade, não passam de substâncias químicas mais complexas, que surgem em nosso organismo como a ferrugem surge em um cano, pela simples razão de que há condições para tal.

A descoberta do vírus é algo relativamente recente. Tomem o caso da hepatite. Só em 1963 e 1973, respectivamente, foram identificados os vírus da hepatite B e A. Havia casos, porém, em que o diagnóstico de hepatite era óbvio, mas em que esses vírus não eram encontrados. Criou-se então a expressão "não A, não B". Desses, a maioria, sabe-se agora, era causada pelo vírus da hepatite C, identificado em 1989. Presume-se que, embora possam datar de milhões de anos, só há alguns séculos os vírus da hepatite começaram a causar doença. Doença com características de epidemia.

A Organização Mundial da Saúde (OMS) calcula que aproximadamente 177 milhões de pessoas no mundo estejam cronicamente infectadas, o que corresponde a 3% da população mundial. No Brasil são 5 milhões os infectados, número oito vezes maior que o dos portadores de HIV.

Por qual "janela de oportunidade" entrou o vírus da hepatite C em nossa vida? Na verdade, são duas janelas. Uma delas é a própria tecnologia médica: transfusão, hemodiálise, transplante. A outra é a janela do estilo de vida: drogas injetáveis (em quase

40% dos casos), tatuagem, piercing, relações sexuais. Em matéria de prevenção, o que temos a fazer é fechar as janelas para os vírus. Testar o sangue usado em transfusão, por exemplo. Ou evitar drogas injetáveis. Ou fazer sexo seguro.

A hepatite C é epidêmica, mas não precisaria sê-lo. Diferentemente dos pobres leões e tigres, podemos aprender o que fazer para nos livrar de nossos inimigos. Podemos fechar a janela dos vírus — e abrir a janela para uma vida melhor.

Trabalho e saúde

[01/05/2004]

Profissões novas surgem constantemente, mas profissões também desaparecem ou ficam menos visíveis. Escribas, por exemplo, não têm muito que fazer na era do computador. Nem limpadores de chaminés, figuras comuns na Europa à época em que a calefação das casas dependia das lareiras. As chaminés precisavam ser limpas com regularidade, e essa tarefa era delegada a meninos, sobretudo meninos magrinhos, que entravam no estreito conduto, não raro nus, de lá emergindo cobertos de fuligem.

No século XVIII, o médico inglês Percivall Pott notou que esses jovens eram frequentemente acometidos por câncer de escroto, doença rara, o que atribuiu ao contato com a fuligem. Pott estava certo, como se verificou depois, e isso o tornou um pioneiro da medicina do trabalho. Neste Primeiro de Maio é bom lembrar que, durante muito tempo (e em certa medida até hoje), os trabalhadores constituíram uma categoria mal paga, explorada e sujeita inclusive a riscos de saúde.

Em relação à saúde, o trabalho pode ser uma faca de dois gumes. De um lado traz vários benefícios: permite ganhar o pão de cada dia, oportuniza contato com outras pessoas, proporciona algum grau de exercício físico, envolve desenvolvimento intelectual e criatividade. De outro lado estão o estresse e o risco ocupacional: lesões musculares e ósseas, envenenamento por produtos químicos como o asbesto e o mercúrio, acidentes.

No Brasil ocorrem anualmente cerca de 410 mil acidentes de trabalho, que matam 3 mil trabalhadores — oito óbitos por dia — e deixam 102 mil pessoas inválidas; e olhem que esses números só se referem aos trabalhadores da economia formal, que têm carteira assinada e pagam o INSS, ou seja, 23 milhões de brasileiros. O custo dos acidentes de trabalho para as empresas é de cerca de 12,5 bilhões de reais anuais e, para os contribuintes, de 20 bilhões de reais anuais.

Doenças ocupacionais são legião. Lesões por esforço repetitivo são cada vez mais frequentes em bancários, metalúrgicos, operadores de telemarketing. Nem profissionais da saúde escapam ao risco, não apenas de doenças contagiosas, mas também de problemas emocionais: a depressão é frequente nesse grupo, como o é entre policiais.

Na área rural, o agrotóxico é o grande vilão. A Organização Mundial da Saúde calcula que, no mundo, cerca de 3 milhões de pessoas são anualmente envenenadas por essas substâncias; 70% dos casos ocorrem em países em desenvolvimento.

Os problemas de saúde do trabalhador acabaram chamando a atenção de governantes. Na Alemanha do século XIX, o autoritário primeiro-ministro Bismarck, conhecido como "o chanceler de ferro", tomou a iniciativa de criar o primeiro seguro-saúde. A medida foi recebida com protestos, sobretudo pelos grandes proprietários de terras, que não queriam gastar um centavo protegendo seus empregados.

A eles, Bismarck respondeu com uma frase até hoje lapidar: "Estou salvando os senhores dos senhores mesmos". Ele sabia que o futuro de um país depende de trabalhadores protegidos e, portanto, estimulados. Neste Primeiro de Maio, isso continua sendo muito verdadeiro.

Uma palavra que marcou
o nosso mundo

[31/07/2004]

O sonho de todo cientista, de todo pensador, de todo artista, é criar uma expressão que fique para sempre associada a seu nome. Termos como relatividade, psicanálise e existencialismo consagraram Einstein, Freud e Sartre. A palavra "estresse" fez o mesmo por Hans Selye. Mais: foi incorporada ao vocabulário popular de forma aparentemente definitiva. E tudo isso aconteceu, a rigor, por acaso.

Europeu de nascimento, Hans Selye (1907-82) estudou medicina no Canadá. Logo depois de formado, dedicou-se à pesquisa na área de endocrinologia. Estava atrás de um novo hormônio ovariano, e para isso injetava extrato de ovário em ratos e observava o que acontecia. E o que acontecia era o seguinte: surgiam úlceras no estômago, os gânglios linfáticos e o baço se atrofiavam, e a suprarrenal — uma pequena glândula que fica em cima do rim, daí o nome — crescia.

Mas isso não era efeito do suposto hormônio. Para surpresa de Selye, as mesmas coisas aconteciam quando ele injetava, por exemplo, extrato de placenta, ou de rim, ou substâncias químicas como formol. Tratava-se, pelo jeito, de uma resposta geral do organismo à agressão inespecífica. Essa agressão inespecífica foi batizada como estresse. E a resposta é a Síndrome Geral de Adaptação.

O que há de revolucionário nisso? À época de Selye, a doença era vista sobretudo como uma relação muito específica de causa e efeito: o micróbio da tuberculose causa tuberculose. E o micróbio da tuberculose tem de ser combatido para a tuberculose ser curada.

Selye estava dizendo outra coisa. Estava dizendo que existe uma "síndrome de estar doente". Independentemente da natureza do agravo, que pode ser um micróbio, uma substância química, um infortúnio da vida, vamos passar por três fases: a primeira é a reação de alarme, a segunda é a de resistência ao estresse. Na terceira, ou superamos o problema ou o nosso organismo entra num estágio de exaustão.

A teoria de Selye abriu novas e excitantes perspectivas para a medicina. Para começar, chamou a atenção para as suprarrenais e seus hormônios, especialmente a cortisona, que passou a ser usada numa variedade de situações. E também mostrou a conexão entre o emocional e o orgânico.

De fato, na Universidade de Washington foi organizada até uma escala de estresse: divórcio dá 73 pontos; prisão, 63 pontos; aposentadoria, 45 pontos; férias, treze pontos (até férias podem ser estressantes). Enfrentar o estresse passou a ser um objetivo em si próprio, tão importante como combater um vírus, o diabetes ou o colesterol alto.

Só isso justificaria o trabalho do dr. Selye. Mais importante, porém, ele mostrou que o ser humano não é apenas uma soma de órgãos, é uma totalidade; adoece como uma totalidade e se cura como uma totalidade. Seu trabalho é uma mensagem científica e é também uma mensagem humanista. E mensagens humanistas são importantes no estressante mundo em que vivemos.

Células e coringas

[11/12/2004]

O recente caso da paciente Maria das Graças da Pomuceno, que, depois de receber um implante de células-tronco, recuperou-se de um acidente vascular cerebral, e as pesquisas mostrando a recuperação cardíaca de doentes com Chagas mediante as mesmas células-tronco chamaram dramaticamente a atenção do público brasileiro para um procedimento que, ainda experimental, já se revela extremamente promissor. O transplante de células-tronco está sendo usado no tratamento de doenças como Alzheimer, Parkinson e esclerose múltipla, na reconstituição da medula espinhal de paraplégicos ou tetraplégicos (10 mil casos a cada ano no Brasil), em doenças cardíacas, no diabetes, em leucemias, enfermidades renais. É como se fosse um transplante, mas um transplante de células capazes de adquirir as características dos órgãos em que se localizam, o que é simplesmente fantástico. No baralho celular, a célula-tronco é o coringa, equivalente a qualquer outra carta; ou é a humilde peça que, no jogo de xadrez, chega ao limite do tabuleiro e magicamente transforma-se em poderosa rainha.

* * *

As principais fontes das células-tronco são a medula dos ossos, o sangue e, desde 1988, os cordões umbilicais humanos, que até então eram jogados fora. Surgiu então a ideia de armazenar cordões umbilicais, o que, claro, só pode ser feito num lugar especial, semelhante ao banco de sangue. O primeiro banco de cordões umbilicais foi criado nos Estados Unidos em 1993, e desde então estabelecimentos similares surgiram em vários lugares do mundo. Com isso cresceu muito o número de transplantes. Deles, beneficiam-se particularmente crianças portadoras de leucemia, a forma mais frequente de câncer na infância.

No Rio Grande do Sul, já temos o Instituto de Pesquisa em Células-Tronco (IPCT), criado em 2004 graças ao entusiasmo e à dedicação da dra. Patricia Pranke, professora de hematologia da Faculdade de Farmácia da Universidade Federal do Rio Grande do Sul (UFRGS) e da Pontifícia Universidade Católica (PUCRS).

Existe um aspecto polêmico neste tipo de tratamento: é a utilização das células-tronco embrionárias. A polêmica tem conotações religiosas e filosóficas: o embrião é um conjunto de células ou é um ser humano autônomo? Questão semelhante àquela que diz respeito ao transplante de órgãos de pessoas com morte cerebral. Observa Drauzio Varella: "Pessoas que se dizem piedosas julgam mais importante a vida em potencial existente num agrupamento microscópico de células obtidas em tubo de ensaio do que a vida de uma mãe de família que sofreu um infarto ou a de um adolescente numa cadeira de rodas".

A polêmica certamente se prolongará, mas, enquanto não surge uma solução, existem coisas que podem ser feitas, e aproveitar o cordão umbilical é uma delas. Vale a pena trabalhar nisso.

Indesejável efeito colateral

[22/10/2005]

Está estreando nos cinemas *O jardineiro fiel*, dirigido pelo talentoso Fernando Meirelles, com locações em Nairóbi, no Quênia, e no Sudão, e baseado no livro homônimo de John Le Carré. Ao investigar a morte da esposa, Tessa (Rachel Weisz), uma ativista pelos direitos humanos na África, o funcionário do serviço diplomático Justin (Ralph Fiennes) descobre uma trama envolvendo o teste de uma droga antituberculose pela indústria farmacêutica. Deve-se dizer que, embora um tanto alarmista em relação ao potencial da tuberculose, Le Carré, autor best-seller, abordou um assunto que está sendo objeto de discussão em todo o mundo. A indústria farmacêutica é das que mais crescem, e o faz mediante a descoberta de novas drogas, empreendimento no qual, em 2003, foram investidos, pelos laboratórios americanos, quase 40 bilhões de dólares. Nos países mais adiantados há normas rigorosas para o teste de novos medicamentos em seres humanos. Mas em regiões como a África, e é isso que o filme quer mostrar, pessoas pobres podem servir de cobaias humanas.

* * *

Não se esgotam aí as críticas feitas à indústria farmacêutica. Suas atividades promocionais têm sido objetos de debate, particularmente no que se refere aos médicos, que, afinal, têm um papel decisivo através da prescrição de medicamentos. E isso depende de promoção. Nos Estados Unidos, a indústria farmacêutica emprega cerca de 160 mil pessoas, 28% das quais estão envolvidas na atividade de propaganda. Os gastos com publicidade não raro excedem aqueles destinados à pesquisa. Segundo o *The New York Times*, as empresas gastam por ano cerca de 10 mil dólares por médico. Metade dos fundos é destinada a anúncios e mala direta. A outra metade está alocada em eventos especiais, tais como exibição de produtos em encontros científicos, simpósios para grupos médicos, publicações, pesquisas, jantares, coquetéis, viagens...

Recentemente, a *Folha de S.Paulo* publicou matérias sobre o assunto, comentando a "promíscua relação entre médicos e a indústria farmacêutica", segundo a expressão do cardiologista Roberto Luiz d'Avila, diretor-corregedor do Conselho Federal de Medicina. Médicos fazem palestras a favor do uso de certos medicamentos. Nada contra — desde que o profissional informe sobre a existência daquilo que é chamado "conflito de interesses", ou seja, iniciativa não resultante do estrito objetivo científico. Uma outra prática tem suscitado discussão. Matérias publicadas na imprensa internacional dizem que a indústria farmacêutica contrata "escritores-fantasmas" para elaborarem artigos científicos favoráveis às suas drogas e, depois, paga cientistas famosos para assiná-los. A prática de presentes para os médicos é deplorável, diz o infectologista Caio Rosenthal, do Conselho Regional de Medicina de São Paulo, acrescentando: "Mas compreendo que sejam seduzidos, pois muitos vivem em situação de penúria". Gabriel Tannus, presidente da Associação da Indústria Farmacêutica de Pesquisa, lembra que existe uma resolução da Agência Nacional de Vigilância Sanitária estabelecendo normas para a relação entre médicos e indústria, e que as práticas pouco éticas são antes a exceção do que a regra.

O fato é que ninguém pode negar os enormes avanços científicos da indústria farmacêutica. Medicamentos salvam vidas, aliviam o sofrimento, melhoram a qualidade de vida, e a indústria estimula a pesquisa. Mas é preciso separar bem as coisas. Estímulo ao desenvolvimento científico e cultural, sim. Mordomia, não. É um indesejável efeito colateral.

Anorexia: a história se repete

[14/10/2006]

Quando se fala em anorexia nervosa, aquela persistente e compulsiva recusa do alimento, frequentemente usa-se a palavra "epidemia". Talvez o termo não seja bem adequado. Estudos feitos na Inglaterra, nas últimas décadas do século XX, mostraram que, de fato, o número de casos de anorexia nervosa havia crescido, mas isso por causa do aumento na população do número de mulheres jovens, que são as mais atingidas pelo distúrbio. Nos Estados Unidos, calcula-se que 1% das pessoas sofra de anorexia. Comparem com os 65% que são obesos: a obesidade, sim, é uma epidemia, lá e em muitos outros países.

Ainda que não com essa denominação, anorexia nervosa é uma situação muito antiga. No final da Idade Média, numerosas mulheres viam na recusa do alimento uma forma de purificação espiritual. O exemplo mais citado é o de santa Catarina de Siena (1347-80), que só comia um pouco de verdura e provocava o vômito quando outras pessoas, assustadas com a situação, forçavam-na a comer. Marie de Oignes e Beatriz de Nazaré vomitavam à simples vista do alimento, e Columba de Rieti jejuava tanto que morreu de desnutrição.

Agora: por que exatamente este período histórico? Por boas razões. A Europa entrava, então, na modernidade. Para trás, estavam ficando os costumes ascéticos do medievo. A expansão do comércio gerava riquezas, e os ricos agora queriam prazer: o prazer do sexo (no século XVI uma epidemia de sífilis varreu o continente) e o prazer da comida. Esse é o momento, por exemplo, em que especiarias passam a fazer parte da alimentação. Novos sabores e abundância: não por acaso, nessa época o francês Rabelais, que era médico e escritor, cria o seu personagem Pantagruel, tão voraz que gerou o adjetivo "pantagruélico" para designar um apetite exagerado. Essas coisas, como é fácil imaginar, geravam desgosto em pessoas sensíveis, espirituais, mesmo porque representavam aquilo que é um dos sete pecados capitais, a gula. Por outro lado, no cristianismo, assim como em outras religiões, o jejum, ao menos esporadicamente, é visto como uma forma de purificação do corpo e do espírito. Daí a rejeição da comida, a "sagrada anorexia", para usar a expressão de Rudolph Bell, autor de uma conhecida obra sobre o tema, era um passo.

Em nossos dias, a anorexia não resulta de uma postura religiosa, mas sim da constatação dos problemas de saúde causados pela obesidade. Estes problemas influíram no padrão de beleza. As gordinhas de Cézanne já não são o modelo ideal. Em busca da magreza, as pessoas com anorexia (mulheres de classe média, em sua maioria) recorrerão à dieta, aos exercícios em excesso, aos purgativos.

Como no fim da Idade Média, o objetivo é uma busca de

perfeição física, psicológica e espiritual. Mas perfeição nem sempre é algo desejável, sobretudo quando envolve sofrimento e risco. Anorexia é doença e deve ser tratada como tal. E a resposta para isso está numa palavra: "moderação". Nem jejuar, nem forrar a pança: alimentar-se de forma racional e prazerosa é o caminho para se livrar tanto da gula quanto da anorexia.

A cultura do remédio

[10/03/2007]

A notícia foi manchete na semana passada: o Brasil lidera o ranking mundial de consumo de moderadores de apetite, de acordo com o último relatório anual da Comissão Internacional de Controle de Narcóticos, divulgado em Viena. Pergunta: é boa ou má notícia? De um lado, sabemos que existe hoje uma epidemia de obesidade no mundo. O consumo de moderadores de apetite poderia, portanto, resultar de uma conscientização em relação a esse problema. Mas obesidade não é só um problema de saúde, é um problema estético, e aí os critérios são muito menos objetivos do que o peso ou a medida da cintura. Essa falta de objetividade pode levar ao exagero ou até ao desastre: comprovam-no as mortes por anorexia. Moderadores de apetite são substâncias que não raro têm efeitos colaterais perigosos. É uma advertência importante no Brasil, onde a taxa de consumo desses medicamentos é mais do que o dobro da dos Estados Unidos, o país campeão em obesidade. Ou seja: está soando o sinal de alarme.

Consome-se muito medicamento em nosso mundo: a indústria farmacêutica fica atrás apenas das companhias de petróleo, em termos de faturamento. E o Brasil está entre os cinco maiores consumidores de medicamentos no mundo. Claro que isso, em parte, é resultado do tamanho da população. Mas não podemos negar a existência de uma verdadeira cultura do remédio entre nós. Recém-formado, atendi um rapaz que tinha um costume estranho. Volta e meia, ele entrava em uma farmácia e pedia que lhe aplicassem uma injeção de vitamina C. Era para se "fortificar". E ele não tinha a menor dificuldade na obtenção do "fortificante". O Brasil tem uma farmácia para cada 3 mil habitantes, mais que o dobro recomendado pela Organização Mundial da Saúde. Lembro-me que em uma ocasião, em Lisboa, precisei comprar um analgésico: andei dezenas de quarteirões na capital portuguesa até encontrar uma farmácia. Esse problema, não temos aqui, mas temos o problema do excesso de venda de remédios. E isso que estamos falando de produtos licenciados, não das "mezinhas" e das "garrafadas" vendidas, principalmente, nas cidades do Norte e do Nordeste. No Brasil, a automedicação é responsável por numerosos casos de baixa por intoxicação.

Remédio é, entre nós, palavra mágica. Uma palavra que deve ser substituída pela expressão "estilo de vida saudável". Uma expressão que tem a grande vantagem de tornar boa parte dos remédios, especialmente aqueles perigosos, completamente desnecessários.

O TOC e suas incógnitas

[16/05/2009]

A sigla é pitoresca, TOC, mas a situação que ela designa não o é. TOC é o transtorno obsessivo-compulsivo, um dos problemas psicológicos mais comuns em nossa época (calcula-se que, nos Estados Unidos, afete mais de 5 milhões de pessoas). Caracteriza-se por pensamentos que perseguem a pessoa e por comportamentos repetitivos, ritualísticos quase: é gente que precisa checar várias vezes se fechou mesmo portas e janelas ou está sempre preocupada com a limpeza. Na Idade Média achava-se que estas pessoas estavam "possessas"; hoje, sabe-se que se trata de uma possível combinação de problemas psicológicos e cerebrais, provavelmente ligados aos neurotransmissores.

O TOC afetou, e afeta, gente famosa. Roberto Carlos é um exemplo conhecido, assim como Woody Allen, Harrison Ford, Michelle Pfeiffer, Winona Ryder. Cameron Diaz lava as mãos várias vezes ao dia e só usa os cotovelos para abrir portas. David Beckham nunca coloca mais que três latinhas de Pepsi (que, por acaso, é a sua patrocinadora) no refrigerador. Quando se hospeda num hotel, tem de guardar todos os folhetos e revistas numa gaveta, para que nada fique à vista.

Mas o mais famoso obsessivo-compulsivo de todos os tempos foi o empresário, diretor de cinema e aviador Howard Hughes, que morreu em 1976, retratado em filme de Martin Scorsese com Leonardo di Caprio no papel principal. Ainda jovem, Hughes começou a demonstrar sinais de sua perturbação: por exemplo, só comia ervilhas de um determinado tamanho (e usava um garfo especial para selecioná-las). Uma vez ficou quatro meses trancado num estúdio, vendo filmes (assistiu a um deles mais de 150 vezes), nu, comendo só chocolate e sem tomar banho ou higienizar-se. Depois tornou-se obcecado por higiene; lavava compulsivamente as mãos e só tocava objetos usando guardanapos. Numa época, só comia certo tipo de sorvete, do qual mandou comprar uma tonelada e meia, para logo em seguida mudar para outro sorvete.

Médicos eram trazidos para atendê-lo, mas Hughes recusava-se. No final da vida isolou-se completamente; quando morreu estava praticamente irreconhecível por causa das unhas e dos cabelos descomunais; foram necessárias impressões digitais para identificá-lo.

A *obsessive-compulsive disorder* (OCD), no termo em inglês, mostra, entre outras coisas, como pode ser tênue o limite entre o normal e o patológico. Lavar as mãos é uma coisa boa, e agora, em época de surto gripal, muito recomendada; mas onde termina o saudável hábito higiênico e onde começa a compulsão? No caricatural caso de Hughes, a resposta é fácil. Mas em outras situações o bom senso deve predominar, e, em caso de dúvida, não custa procurar ajuda.

No aniversário da cortisona

[12/09/2009]

Este ano marca o sexagésimo aniversário de um evento muito importante na história da medicina. Em 1949 o mundo ouvia, pela primeira vez, um termo que desde então passaria a fazer parte até mesmo da linguagem popular: "cortisona". Na verdade, a substância já era conhecida desde 1935, quando o cientista Edward Kendall isolou-a, com outros hormônios, das suprarrenais, pequenas glândulas que levam este nome porque ficam em cima dos rins. Também em 1949 o médico Philip S. Hench demonstrou que a nova substância melhorava dramaticamente a artrite reumatoide, uma dolorosa e incapacitante inflamação das juntas. Kendall e Hench tiveram seus méritos reconhecidos: ambos receberam o Nobel de medicina.

Poucos medicamentos foram recebidos com tanto entusiasmo. Sete anos depois, o número de drogas derivadas da cortisona ou similares a ela chegava a 7 mil. Eram e são usadas em doenças articulares, doenças renais, problemas de pele, asma e alergia. Os derivados da cortisona estão entre as dez drogas mais receitadas do mundo.

Mas este uso intensivo também começou a mostrar os para-efeitos da cortisona, que não são poucos. Para começar, e como a droga solapa os mecanismos de defesa do corpo (o que é bom no caso da artrite reumatoide, uma doença na qual essas defesas voltam-se contra o próprio organismo), os germes podiam propagar-se com facilidade, como acontece na tuberculose. A droga podia causar úlceras no aparelho digestivo, transtornos de personalidade, além da característica *"moon face"*, a face lunar, em que a pessoa fica com o rosto redondo. No caso de diabetes, hipertensão e osteoporose, também acarreta riscos.

Significava isto que os corticoides teriam de ser retirados do mercado, como aconteceu com alguns anti-inflamatórios? De maneira nenhuma. Ficou claro que os benefícios excedem em muito os riscos. Mas também ficou claro que estamos falando de medicamentos que têm de ser usados com cuidado, inclusive na forma de cremes dermatológicos. A cortisona passou na prova do tempo; veio para ficar. Desde que a gente saiba como usá-la.

VI. COMPORTAMENTOS

O elogio da preguiça

[07/11/1998]

Os monges medievais temiam todos os pecados, mas temiam particularmente a acídia, por eles chamada de "demônio do meio-dia": aquele amolecimento que as pessoas experimentam quando o sol está a pino, sobretudo depois de uma lauta refeição. Outras tentações podiam ocorrer então, porque a preguiça — o nome vulgar da acídia — é, como sabemos, a mãe de todos os vícios. A cultura judaico-cristã sempre foi marcada por uma veneração ao trabalho. A Bíblia ordena que nos miremos no exemplo da formiga, que, diferentemente da cigarra, dá duro o ano inteiro. A Reforma protestante passou a valorizar ainda mais a atividade produtiva e a integrar, como diz Max Weber, a ética do capitalismo. No começo da Revolução Industrial, os operários chegavam a trabalhar catorze horas por dia, e isso era considerado normal, ao menos pelos patrões. A fanática devoção ao trabalho foi incorporada por outras culturas. Os japoneses nem sequer têm uma palavra para designar lazer. Ainda em 1939, quando a semana de quarenta horas já era regra na maioria dos países ocidentais, os japoneses trabalhavam em média dez horas ao dia, seis dias na semana.

Nem todos consideram o trabalho uma bênção. Paul Lafargue, que tinha a revolução na família — era genro de Karl Marx —, escreveu o livro cujo título copiei para este artigo: *O elogio da preguiça*. Um dia, diz Lafargue, a máquina libertará o homem para que este possa se entregar à felicidade proporcionada pelo lazer. Ideia semelhante defendia o filósofo Bertrand Russell em um ensaio de título parecido: "O elogio do lazer". O socialismo não chegou a realizar tais sonhos — onde foi implantado, os operários passaram a trabalhar mais, não menos (verdade que não era bem o socialismo imaginado por Marx, mas enfim). De qualquer forma, porém, a jornada de trabalho foi diminuindo, criando um problema: o que fazer com o tempo livre? Surge então algo que é uma contradição em termos: a indústria do lazer. Ou seja: alguns trabalham para que outros se divirtam. Disney World, por exemplo, emprega milhares de pessoas.

Os trópicos tinham uma visão diferente do trabalho. O índio brasileiro jamais se submeteria à dura rotina laboral. Todas as tentativas neste sentido foram inúteis. Se as árvores lhe davam os frutos, se os rios lhe davam os peixes, se as matas lhe davam a caça, por que haveria o indígena de ganhar o pão com o suor de seu rosto? Uma visão que os modernistas recuperaram. Ah, que preguiça, exclama a todo instante o Macunaíma de Mário de Andrade. E Oswald de Andrade, autor do *Manifesto antropofágico*, atualmente na crista da onda, defende o ócio, "que não é a negação do fazer, mas ocupar-se em ser o humano do homem".

A ciência veio, afinal, a dar alguma razão aos que defendem

o repouso. A descoberta do relógio biológico, mecanismo orgânico que regula a alternância entre repouso e atividade, mostra que o lazer é necessário, e que a preguiça pode ser a expressão de nosso corpo reclamando um necessário descanso. Temos, sim, de trabalhar, mesmo porque o trabalho representa a marca que deixamos no mundo (e o contracheque no fim do mês, para aqueles que não estão desempregados). Mas chega um momento em que, como diz o poeta Ascenso Ferreira, a ordem é: "Pernas pro ar, que ninguém é de ferro".

A doença e seu nome

[24/04/1999]

Adão só descobriu que era um ser humano quando Deus lhe confiou a tarefa de dar nome às outras criaturas. Com isso, o primeiro homem foi investido de um poder, poder este que seus descendentes só fizeram valorizar. Porque, de uma certa maneira, o nome é a coisa, a coisa é o nome. Se não conhecemos o nome de uma coisa, esta coisa passa a ser assustadora. Ela se transforma exatamente nisso, numa coisa. E aí tudo pode acontecer.

A questão do nome é particularmente importante no caso da doença.

— O que é que eu tenho, doutor? — é a pergunta crucial que os pacientes fazem ao médico. A doença, disse a escritora Susan Sontag (que fala por experiência própria: teve um câncer de mama), é uma segunda cidadania. Mas, se assumimos esta cidadania, queremos saber o nome do país-doença em que teremos de viver. Não é apenas curiosidade. No fundo, todos nós acreditamos, como nossos ancestrais pré-históricos, na doença como a obra de espíritos malignos. Ora, chamar o diabo pelo nome é a primeira providência para exorcizá-lo. Solicitado a fornecer um diagnóstico, o médico sabe que também está passando por um teste. Nesse momento, deve mostrar seu conhecimento, seu poder. O nome pode ser complicado, às vezes é até símbolo de status. Se a pessoa não tem nada, pelo menos pode contar com uma doença rara.

O que lembra a história da mãe judia que levou o filho a um psicanalista e insistia num diagnóstico. Depois de compreensível hesitação, o doutor disse que o rapaz sofria de complexo de Édipo. Resposta da boa senhora: "Complexo de Édipo ou não, o importante é que ele ame sua mãe".

Há um risco nesta situação. E o risco está em o médico se deixar contaminar pela ansiedade do paciente ou dos familiares. É preciso um diagnóstico? Ele fornece esse diagnóstico, mesmo que dele não esteja seguro. E aí começam a acontecer coisas estranhas. No passado, falava-se muito em algo chamado "estado timo-linfático", um rótulo que servia para explicar várias perturbações na criança: a magreza, a palidez, a dificuldade de respirar pelo nariz. Coisas comuns que normalmente se resolveriam com o tempo. Mas, como havia um diagnóstico, tinha de haver um tratamento. E esse tratamento consistia em irradiar a região do pescoço e do tórax onde estavam o incômodo tecido linfático e o timo. Naquela época, começo do século, não se conhecia ainda o efeito devastador da irradiação. Nem por isso as crianças escaparam: grande número delas desenvolveu câncer de tireoide.

"Ainda não sei" pode ser uma resposta perturbadora para quem, aflito, quer descobrir a causa de seus males. Mas é também a resposta mais honesta e, às vezes, menos deletéria, como lembra o editorialista do *British Medical Journal* W. G. Pickering, em um artigo intitulado "Medical Omniscience". Lembrando que a incerteza é uma forma de segurança, diz Pickering:

— Os pacientes deveriam aprender que "não sei" não significa medicina inferior nem significa "não me importa".

Posição sensata. Difícil de assumir, numa época em que os médicos constantemente são levados ao tribunal. Mas o conceito que começa a se impor na profissão, a saber, de que a medicina tem de se basear em evidência científica, aponta o caminho. Neste caminho, nem sempre há tabuletas com nomes. Contudo, é o caminho mais seguro.

A vida bem temperada

[27/05/2000]

Há uns anos fiz um curso de medicina comunitária na cidade de Beersheva, em Israel. Os participantes, vinte médicos latino-americanos, foram alojados num hotel da cidade. Ali tínhamos as aulas teóricas e ali fazíamos as refeições. Comida simples, mas abundante, como é o costume israelense. Um dos efeitos daquela alimentação foi que logo começamos a aumentar de peso. Um outro efeito, curioso e insuspeito, ocorreu dias após.

Entre os médicos havia um mexicano, alto funcionário do Ministério da Saúde de seu país, homem elegante, gentil, simpático, falador. Com o passar dos dias esse doutor, por alguma estranha razão, foi ficando silencioso, desanimado. Todos notavam essa transformação, e todos se inquietavam. Finalmente, ele próprio atinou com a causa do seu mal-estar. Telefonou para a esposa e dois dias depois recebeu — por avião — o antídoto: aquela pimenta braba, chamada chili, e vários outros condimentos. Em uma semana, ele parecia uma fênix renascida das próprias cinzas.

O ser humano se distingue dos animais por várias coisas, entre elas por temperar sua comida. Ninguém jamais viu o tigre rejeitar a presa que está devorando por falta de sal, mas não conseguimos preparar uma refeição sem recorrer ao saleiro. Lembro da contrariedade dos cardíacos que atendi, quando lhes dizia que teriam de suprimir o sal. A comida fica sem graça, doutor.

Fica sem graça. O tempero é isso, é graça. Trata-se de uma necessidade psicológica, mas nem por isso menos real: basta pensar nos riscos que corriam as caravanas e as caravelas que viajavam ao Oriente em busca de especiarias. Houve uma época em que cravo e canela valiam fortunas.

Mas especiarias são coisas mais refinadas. O condimento básico continua sendo o sal. No caso, a necessidade não é só psicológica: trata-se de uma substância química necessária ao funcionamento do organismo. Os animais são capazes de andar quilômetros em busca de sal. O ser humano não é exceção. Prova disso é que a palavra "salário" vem de sal, porque em sal eram pagos os legionários romanos. Sal que depois trocariam por outros produtos.

Sal é necessário. Mas as necessidades orgânicas de sal são modestas. Só que, por força do hábito, a gente consegue contrariar a sabedoria do corpo. Habituamos nosso organismo a grandes quantidades de sal — e de condimentos, e de açúcar, e de gorduras. É uma dependência. No caso do sal, o famoso teste do saleiro é uma prova: a pessoa que, antes mesmo de experimentar a comida, já adiciona sal é porque está dependente. Esta pessoa sabe que o sal previamente colocado no alimento sempre será pouco para ela.

De uma pessoa que não nos entusiasma costumamos dizer que "é sem sal". Mas, quando a conta do restaurante (ou do hotel, ou da mecânica que nos consertou o carro) ultrapassa os limites do razoável, dizemos também que é "salgada". Ou seja: sabemos que existe um meio-termo, definido pela expressão "bem temperado". E, assim como Bach denominou de "Cravo bem temperado" uma de suas composições, devemos fazer de nossa existência uma vida bem temperada. O que significa tomar consciência do excesso de sal, ou de condimentos, ou de açúcares, ou de chocolate. Ao fim e ao cabo, isso aumenta nosso prazer. Na sua *História natural*, o sábio Plínio introduziu a expressão "cum grano salis", com um grão de sal, com certa ressalva. É assim que temos que usar o sal: *cum grano salis*, com certa ressalva.

Os andarilhos da saúde

[30/06/2001]

A batalha final não será travada entre as Forças do Bem e os Exércitos do Maligno, ou entre estatizantes e privatizantes. A batalha final será travada entre os que gostam de esteira e os que caminham ao ar livre.

A esteira tem algumas vantagens. Em primeiro lugar, é tecnologia e, como tal, tem prestígio. Além disso, permite um exercício mais regular e avaliado por parâmetros tais como velocidade, gasto calórico e distância percorrida (além do que, olhar para o painel onde os números aparecem é uma distração). Finalmente, a esteira evita o problema do mau tempo e os perigos da via pública, lembrados recentemente com o trágico atropelamento do músico Marcelo Frommer.

Mas caminhar na rua ou no parque também tem seus atrativos. Em primeiro lugar, a variação da paisagem, um antídoto contra a monotonia. Em segundo lugar, permite companhia, portanto, sociabilidade (coisa que na esteira é mais difícil). E, por último, mas não menos importante, vincula-se a uma das mais antigas tradições da humanidade.

* * *

Caminhar é uma coisa que o ser humano sempre fez, ainda que não especificamente para se manter em forma. Algumas vezes as caminhadas foram muito longas. A Bíblia conta que os hebreus andaram quarenta anos pelo deserto antes de chegar à Terra Prometida. Os antigos habitantes da América vieram da Ásia, via estreito de Behring, a pé. Os peregrinos que iam a Roma ou Jerusalém também o faziam andando. A lembrança dessas jornadas memoráveis inspirou os românticos, que gostavam de percorrer longas distâncias nas montanhas e nas florestas, aproveitando a ocasião para pensar sobre a vida: os "Devaneios de um caminhante solitário", de que nos conta Rousseau em sua famosa obra. O filósofo Walter Benjamin fala do *"flâneur"*, um típico personagem dos fins do século XIX, que percorria as ruas de Paris sem destino certo, simplesmente observando o que se passava. O automatismo da marcha libera o raciocínio e a imaginação, e não é de estranhar que escritores tenham o hábito de caminhar. Os moradores de Petrópolis acostumaram-se a ver Erico Verissimo e Mafalda caminhando pelas ruas do bairro.

Erico caminhava por recomendação médica. A medicina sempre valorizou o exercício físico, mas este tinha de estar associado ao esforço. Só recentemente os doutores se deram conta de que uma coisa tão simples como andar pode preencher perfeitamente essa necessidade orgânica. Desde então, as ruas, os parques, as orlas marítimas se encheram de pessoas que caminham com notável devoção. Sim, porque também incorporaram a noção do *"brisk walk"*, do passo estugado: caminhar não é exatamente passear, mas não é impossível fazer da marcha um passeio — digamos — acelerado. E é um hábito que se incorpora facilmente. Posso dar o meu exemplo pessoal: sempre que viajo, levo tênis, camiseta e calção, e a primeira pergunta que faço no hotel é a respeito de lugares para exercício ou para caminhar. Toda cidade tem seu local para isso. Esses tempos, numa cidade do interior, indicaram-me um belo parque, com um perímetro de várias centenas de metros. Fui andar ali e notei que as pessoas me olhavam com certa estranheza. Comentei com o homem da portaria, que de imediato detectou a causa: todo mundo caminhava num sentido, eu caminhava em sentido contrário. Não há dúvida: caminhar tem a sua mística. O que, de qualquer jeito, é benéfico também.

Ruim com ele? Talvez.
Mas pior sem ele

[27/10/2001]

Duas historietas.

A primeira tem circulado, nos últimos anos, no meio médico. Dois homens estão na sala de espera de um doutor. Conversa vai, conversa vem — conversa-se muito em sala de espera, um óbvio resultado da ansiedade —, os dois descobrem que sofrem do mesmo problema: insônia. Mas um deles diz que está até satisfeito com isso. O doutor receitou-lhe um maravilhoso sonífero; ele não apenas dorme, como tem sonhos arrebatadores, no qual belíssimas mulheres acariciam-no sem cessar.

O outro, impressionado, aguarda impaciente o momento da consulta e, quando isto acontece, pede ao médico que lhe receite tal pílula. O efeito, porém, é absolutamente decepcionante: ele consegue dormir, sim, mas só tem pesadelos em que é perseguido por terroristas sanguinários. Queixa-se ao doutor, que lhe dá a explicação: o outro cliente é particular, você é do SUS.

A segunda história é do folclore judaico e se passa na Rússia, há várias décadas. Os judeus lá eram muito pobres, mas havia uns poucos milionários que os ajudavam. O pedinte judeu, porém, nada tinha de humilde — era conhecido pela *chutspá*, a cara de pau. Um deles vai pedir ajuda a um ricaço: quer consultar um médico e exige 10 mil rublos. Mas isso é o que cobra um especialista famoso, protesta o potencial doador. Para a minha saúde, replica o indigente, só o melhor é o bastante.

O problema do Sistema Único de Saúde brasileiro pode ser compreendido à luz destas duas historietas. Ele é visto, lembra-nos a primeira anedota, como uma instituição de país pobre, criada para atender os pobres. Algum problema nisso? Não necessariamente. Pode-se, sim, fazer assistência médica de razoável qualidade sem recorrer a muita sofisticação.

Acontece, porém, que as pessoas leem no jornal ou veem na TV notícias sobre as últimas novidades em termos de tecnologia — e passam a exigi-las: para a minha saúde, só o melhor é o bastante. E, se o SUS não oferece tais recursos, vêm as queixas, os protestos — e, ultimamente, os processos judiciais.

Em praticamente todos os casos que conheço, os juízes deram ganho de causa aos reclamantes que, num episódio, solicitavam um tratamento controverso, nem sequer liberado no país. Os seguros privados de saúde oferecem mais — mas cobrando. Agora: nem mesmo os seguros estão livres de reclamações: ponteiam a lista do Procon.

No caso do SUS, os protestos têm apoio na Constituição, segundo a qual a saúde é direito de todos e dever do Estado. Uma grande frase, quando formulada em termos gerais. Incompleta, porém, quando aplicada à prática. A saúde é dever do Estado — observadas as prioridades estabelecidas com base em um exame na realidade, com critérios de caráter social e científico.

Quando o SUS age com base em tais critérios presta, sim, enormes serviços à população.

Provam-no os indicadores: a mortalidade infantil está caindo, a expectativa de vida está aumentando. Isto não se deve só à intervenção dos serviços de saúde, mas sem tal intervenção a situação seria absolutamente catastrófica, com gente morrendo nas ruas. Há filas nos postos de saúde? Sim, há filas — mas isto é porque existem postos, caso contrário as pessoas ficariam sem tratamento. Há superlotação nos hospitais? Sim — mas ainda bem que existem hospitais.

Claro que um pouco de racionalidade melhoraria a situação, mas, em termos institucionais, o SUS é uma coisa relativamente nova. O SUS ainda está aprendendo e está — aos trancos e barrancos — avançando. Ruim com o SUS? Talvez. Mas muito pior seria não ter SUS.

A lógica dos alimentos

[01/06/2002]

De alguma forma a Copa está alargando os horizontes culturais dos brasileiros. Descobrimos várias coisas sobre a Coreia do Sul. Por exemplo: a carne de cachorro é das mais consumidas lá, especialmente a de filhotes. O que deve deixar muita gente perplexa, quando não indignada: afinal, não é o cão o melhor amigo do homem? Os coreanos, pelo contrário, ficam irritados com a estranheza: comer cachorros é para eles uma coisa tradicional.

Discordâncias desse tipo — às vezes chegando ao conflito — são extremamente frequentes. Nós não comeríamos carne de cão; mas há gente que não comeria os caracóis que os franceses adoram. Ou as cobras que os chineses apreciam. Ou mesmo a morcilha que volta e meia figura na mesa do gaúcho. O que é apetitoso para uns é repugnante para outros. E isso não deixa de surpreender. Afinal, nós, seres humanos, somos basicamente iguais. É o mesmo aparelho digestivo. São as mesmas papilas gustativas. O que é diferente, então?

A cultura. É a cultura que vai condicionar os nossos hábitos e os nossos tabus alimentares.

O organismo humano tem necessidade de certas substâncias. Proteína, em primeiro lugar. A matéria-prima da qual são feitas nossas células. Há proteínas nos animais e nos vegetais, mas estas frequentemente são incompletas. O ser humano procurará obter proteína da forma mais prática, mais acessível e mais palatável. Estas características variarão de lugar para lugar. Tomem a carne, por exemplo. Nós, gaúchos, somos eminentemente carnívoros (e pagamos um preço por isso: é alta a mortalidade por doença cardiovascular). Mas aqui no estado sempre foi relativamente fácil criar gado: grandes extensões de terra, grandes pastagens. O Japão, por outro lado, é um país pequeno. Carne de gado lá é um luxo. E é por isso que os japoneses preferem o peixe, coisa que muito gaúcho só come na Semana Santa. Às vezes o alimento é tão difícil de obter que se torna tabu. Muita gente gosta de carne de porco: é macia, é suculenta. Mas porco não pode ser criado em qualquer lugar ou por qualquer grupo. Povos do deserto teriam enorme dificuldade em fazê-lo: os porcos não se mexem tão facilmente quanto cabras, por exemplo. O porco, um animal que transpira muito pouco, precisa de um ambiente com umidade, coisa que não há no deserto. Resultado: há milênios comer porco é tabu no Oriente Médio.

Por trás da cultura há uma oculta sabedoria. Os pratos tradicionais, de maneira geral, respondem às nossas necessidades nutricionais. O arroz com feijão combina hidratos de carbono, energéticos, com proteína. É verdade que a proteína do feijão é incompleta, de modo que o prato precisa ser complementado — com alguma carne, em geral. Também é uma combinação adequada o *fish and chips*, peixe com batatas, dos ingleses.

Esta é a cultura popular, tradicional. Mas ela pode ser deslocada por uma outra cultura, a do consumo. A publicidade convence pessoas a fazer muitas coisas que nem sempre são boas para elas. Convence-as a fumar, por exemplo. Ou a consumir alimentos gordurosos e salgados. Lembro-me de um relato feito por um antropólogo numa região muito pobre do México. Lá, as famílias criavam galinhas, e assim tinham uma fonte de proteína, representada pelos ovos e pela carne. Mas não era raro que o chefe de família vendesse galinhas para comprar Coca-Cola. Para ele, ficar na porta da casa tomando o refrigerante era um símbolo de status, uma espécie de ostentação.

Enfim, para encontrar coisas estranhas em matéria de alimentação não precisamos ir até a Coreia. O que acontece diante dos nossos olhos às vezes já é esquisito o bastante. Parafraseando Pascal, a cultura tem razões que a própria razão — alimentar, no caso — desconhece.

O que abunda não prejudica?
Depende

[15/11/2003]

"Suplemento dietético" é uma expressão que está na ordem do dia. Suplementos dietéticos são anunciados, são recomendados e são, sobretudo, consumidos, em quantidades cada vez maiores. Portanto, está na hora de falar sobre esse assunto, começando com uma pergunta: o que vem a ser suplemento dietético? Resposta: é um produto, ingerido por via oral, cuja finalidade é suplementar a dieta com vitaminas, sais minerais e também enzimas, aminoácidos, substâncias vegetais... As misturas variam.

Suplementos desse tipo sempre existiram — por exemplo, os complexos vitamínicos —, mas se difundiram enormemente depois de 1994, ano em que o Congresso norte-americano, por ato normativo, classificou esses produtos como "alimentos", não remédios; não é preciso receita médica para vendê-los e eles não são fiscalizados pelo governo. O FDA (Food and Drug Administration), órgão encarregado dessa fiscalização, prefere concentrar sua ação em medicamentos ou em substâncias que causem problemas à saúde pública. O fabricante fica responsável por alertar o consumidor.

* * *

E há razão para que o consumidor seja alertado. Em primeiro lugar há muita gente fazendo uso de suplementos dietéticos. Os atletas, obviamente, mas não só eles: 70% dos americanos adultos, segundo uma recente enquete. Em segundo lugar, esses produtos não são isentos de riscos. As pessoas pensam que vitaminas e sais minerais não podem fazer mal, mas, em doses altas, essas substâncias são, sim, tóxicas, e lesam vários órgãos.

O mesmo acontece com os anabolizantes, cujo uso se constitui em um escândalo esportivo de proporções e que podem causar danos irreversíveis. E não podemos nos iludir com os produtos vegetais; nem sempre "natural" quer dizer inócuo. Não faltam, na natureza, plantas venenosas. Mesmo plantas consideradas medicamentosas podem ter paraefeitos inesperados. É o caso da *kava*, usada como tranquilizante, que às vezes lesa o fígado. Ou da efedra, estimulante, que tem sido associada a problemas cardíacos, convulsões e acidente vascular cerebral.

Mas a dieta precisa, mesmo, ser suplementada? Em muitos casos, sim. Há dietas que são carentes em vitaminas, em substâncias como iodo ou cálcio. Mas trata-se em geral da dieta de pessoas pobres, que mal têm dinheiro para comprar comida, quanto mais os caros suplementos. Quando não existe carência, a dieta natural deveria fornecer todos os elementos necessários à saúde. Se não fornece, é porque a dieta deixou de ser natural; é uma dieta distorcida pelo uso de produtos apregoados por uma poderosa indústria.

Para essa distorção, a solução não é o suplemento dietético;

a solução é corrigir hábitos errados. A orientação do nutrólogo aí é muito importante. Comer racionalmente é melhor (e mais barato) do que recorrer a doses cavalares de vitaminas e outras substâncias. O que abunda pode, sim, prejudicar.

Grotesco e perigoso

[03/01/2004]

O metabolismo compreende dois tipos diferentes de processos. Através do anabolismo (de onde vem a denominação "anabolizante") incorporamos as substâncias ingeridas, transformando-as em tecidos de nosso corpo: ossos, músculos, gordura. Através do catabolismo devolvemos à natureza aquilo de que não temos necessidade.

Os dois processos se complementam, como aqueles ciclos duplos que caracterizam a existência, inspiração-expiração, sístole-diástole. Agora, se fizermos uma enquete perguntando qual dos dois é melhor, seguramente a maior parte das pessoas optará pelo anabolismo. É uma coisa instintiva, uma manifestação do ego: aquilo que é meu, aquilo que posso guardar, é melhor para mim.

Será que é melhor? Vamos fazer uma analogia com a economia. As pessoas gostam de ganhar dinheiro, e muitas pessoas gostam de guardar o seu dinheiro — o espaço sob o colchão é, ou era, um lugar clássico. Poupar é bom, mas, se todo mundo poupar, se ninguém comprar nada, a economia para. Pior, ficamos privados de coisas de que necessitamos: comida, roupas, livros.

O organismo também faz sua poupança, e a gordura é uma forma clássica disso. No passado, mulheres rechonchudas eram preferidas pelos homens; podiam enfrentar períodos de carência, tinham reservas de energia. Depois, foi ficando claro que obesidade pode ser uma manifestação patológica. E aí entraram, no caso dos homens (e recentemente também das mulheres), os músculos.

É uma coisa nova. Nas estátuas gregas ou nas renascentistas, não encontramos desnutridos, mas também não encontramos ninguém com músculos volumosos. Só há pouco tempo é que homens musculosos passaram a ganhar títulos como aquele conquistado por Arnold Schwarzenegger, título que lhe abriu caminho para o cinema e para a política. Nessa história, há um nome que é um marco, o de Charles Atlas.

O que temos aí é uma curiosa versão do sonho americano. Adolescente magrinho, que levava surras dos mais fortes, Angelo Siciliano (este era seu verdadeiro nome) criou um método para desenvolver a musculatura, venceu concursos mundiais e ficou rico (em 2004, a corporação que fundou completará 75 anos). Nos Estados Unidos, Atlas tornou-se um ídolo, o que não é de admirar: trata-se de uma cultura que valoriza a força, como o mundo bem sabe. "Mostrar o músculo" é uma expressão americana para evidenciar quem manda.

Agora: o *bodybuilding*, o desenvolvimento de uma musculatura avantajada, não é isento de riscos. Esses derivam, em parte, do exercício exagerado, que pode ser manifestação de uma disfunção psicológica, a dismorfia, pela qual a pessoa tem uma autoimagem negativa e prejudicada e está sujeita a surtos de depressão. Isso sem falar nos problemas orgânicos, nas lesões articulares, musculares e de tendões. Outra parte do risco advém do uso de substâncias que aumentam a massa muscular, os anabolizantes. Um costume muito disseminado: estudos feitos na Inglaterra mostraram que os esteroides anabolizantes são a terceira droga mais oferecida aos adolescentes, depois da maconha e dos estimulantes psíquicos. Os esteroides são responsáveis por doenças e lesões graves, que incluem até o câncer.

Conclusão: quem não é candidato ao cargo de governador da Califórnia fará bem deixando de lado a musculação excessiva. Dá para ser bonito sem ser grotesco.

Antibiótico não cura ansiedade

[26/06/2004]

No inverno, a cena é comum. No meio da noite, a criança começa a chorar desesperadamente. Dor de ouvido, é o primeiro pensamento que ocorre aos pais. O segundo: essa criança está precisando de antibiótico.

Antibiótico para dor de ouvido, antibiótico para gripe, antibiótico para resfriados: em termos de doenças infecciosas, o antibiótico é considerado droga mágica. Num certo sentido é mesmo. Até o advento da penicilina em 1944 (e das sulfas, um pouco antes), a medicina praticamente não curava doença alguma com remédios. A descoberta de Alexander Fleming foi verdadeiramente revolucionária e gerou um otimismo raramente visto na história da humanidade. Em 1969, mesmo ano em que Neil Armstrong pisava na Lua, William Stewart, porta-voz do governo norte-americano para assuntos de saúde, declarou, solenemente: "Chegou o momento de jogar fora os manuais médicos sobre doenças infecciosas".

Otimista previsão — só que as bactérias não foram avisadas, e trataram de se adaptar, mediante o processo darwiniano de "sobrevivência do mais apto". Tornaram-se assim resistentes às novas drogas — o que é hoje um dos mais sérios problemas de saúde pública no mundo.

A causa maior desse fenômeno é óbvia. Os antibióticos, produzidos e consumidos em quantidades astronômicas em seres humanos, em animais, na agricultura, são mal utilizados. Resultado: 70% dos germes responsáveis por doenças pulmonares apresentam resistência a pelo menos um dos principais antibióticos. Resistentes são muitos dos germes que causam pneumonia, tuberculose e infecções hospitalares. Particularmente danado é o *Staphylococcus aureus*, causa comum de infecções em vários órgãos e que rapidamente desenvolve resistência. E não se trata só de resistência bacteriana: existem os efeitos indesejáveis, que não são raros, e o custo, que não é pequeno.

Os pacientes pedem antibióticos, os doutores receitam antibióticos: essa cumplicidade agrava consideravelmente a situação. E ela ocorre até em países onde o governo teria condições de impor controles severos nessa área. Tomem o caso da China, onde as autoridades conseguem até impedir que as famílias tenham mais de um filho. Nos hospitais de Xangai, 50% a 80% dos pacientes usam antibióticos (necessitem deles ou não). Existem antibióticos em 80% das casas. E, como no Ocidente, as pessoas pressionam os médicos para receitar essas drogas. O mesmo faz, aliás, a indústria farmacêutica, que recorre a várias espécies de "estímulo" para tal fim.

O que fazer? Estamos diante de uma situação que claramente exige a cooperação de todos: produtores e consumidores, médicos e pacientes. É claro que a saúde pública pode, e deve, estabelecer normas para o uso de antibióticos. Mas sem um processo de educação do público tal medida será inútil. Vários programas têm sido desenvolvidos nesse sentido, visando a conscientizar as pessoas acerca dos casos em que a antibioticoterapia é desnecessária ou perigosa.

Exemplo é a otite média, que gera metade das receitas de antibióticos em crianças. Oitenta por cento dos pequenos pacientes recuperam-se espontaneamente em menos de uma semana, requerendo no máximo algum analgésico. É claro que existe a ansiedade dos pais. Mas antibiótico não cura ansiedade. Para seu próprio proveito, os micróbios já descobriram isso. Está na hora de as pessoas descobrirem-no também.

Drogas: a controvérsia

[27/11/2004]

Como o deus Jano, a questão da droga tem uma dupla face. De um lado, é um problema policial, e para saber o que é feito nessa área basta ler manchetes de jornais: caça a traficantes, apreensão de drogas, destruição de laboratórios clandestinos e de plantações. Ainda que os resultados dessas ações sejam objeto de muita discussão, elas correspondem a uma definida rotina que já vem de décadas. Muito menos claro é o que fazer com a droga e, sobretudo com as vítimas das drogas, na área de saúde pública. Uma expressão sintetiza a controvérsia nessa área: "redução do dano". Já que, no estágio atual de nossos conhecimentos, é difícil, se não impossível, acabar com o consumo da droga, pode-se pelo menos fazer com que as pessoas usem menos drogas, ou usem drogas menos nocivas, ou usem drogas de maneira menos danosa. Esse consumo seria feito nas chamadas narcossalas, mantidas pelo governo, coisa que já é realidade em países europeus e que agora está sendo estudada pelo Ministério da Saúde.

* * *

Deve-se adotar esta prática no Brasil? A *Folha de S.Paulo* fez esta pergunta a duas autoridades na área. Ronaldo Laranjeira, psiquiatra da Universidade Federal de São Paulo e especialista em álcool e drogas, é frontalmente contra. Droga, diz ele, sempre é coisa perigosa e, em vez de estimular o uso "seguro" (as aspas são do dr. Ronaldo), o governo deveria investir no combate à dependência química em serviços especializados como investiu, e com sucesso, no combate contra a aids. Já o juiz Wálter Maierovitch, que foi secretário nacional antidrogas, defende, baseado na experiência europeia (na Alemanha o uso de drogas injetáveis caiu 50%), o programa das narcossalas. O juiz Maierovitch critica o modelo norte-americano de combate a drogas, baseado, segundo suas palavras, na proibição, militarização e criminalização.

Ferve, portanto, a polêmica, e se ela é boa no programa do Lauro Quadros nem sempre é boa quando se trata de tomar decisões envolvendo milhões de pessoas. Em saúde pública há um axioma básico: a controvérsia vai contra a prioridade. Por exemplo, se uma vacina ainda está passando por um processo de avaliação, não seria aconselhável introduzi-la nas vacinações de rotina. Não há dúvida, porém, que no caso das drogas várias coisas precisam ser feitas. Uma delas é a descriminalização, notando-se que descriminalização não significa legitimação. Outra: ampliar a rede de atendimento a dependentes. Quanto às narcossalas — não seria o caso de, em nosso país, considerá-las como parte de um projeto experimental, lançando-as de forma inicialmente limitada mas avaliável?

O problema das drogas é grave demais, e, como diz o juiz

Maierovitch, não será resolvido pela repressão pura e simples. Qualquer tentativa conduzida por profissionais responsáveis e que tenha como objetivo poupar os sofrimentos e mortes decorrentes da dependência química é mais do que aceitável.

A controvérsia do planejamento familiar

[10/09/2005]

O reverendo inglês Robert Malthus (1766-1834) não se contentava só em orientar a prática religiosa em sua paróquia. Homem culto, dedicou-se ao estudo da economia e também da dinâmica populacional. Criou assim um aforismo que até hoje repercute. Enquanto os meios de subsistência crescem em proporção aritmética, dizia ele, a população cresce em proporção geométrica. A carência e a fome seriam, portanto, inevitáveis. Mais recentemente, a teoria de Malthus gerou, em meio a um alarme generalizado, a expressão "explosão demográfica". Nos anos 1960 e 1970 surgiram no mundo numerosas organizações empenhadas em resolver este problema. As soluções que propunham podiam ser drásticas, compulsórias — o que se chamava de controle populacional — ou mais brandas, educativas, o planejamento familiar. O maior exemplo da primeira alternativa é a China, onde até hoje os casais só podem ter um filho. Mas trata-se de um país com governo autoritário. Lá, as pessoas não têm alternativa senão cumprir as ordens estatais. Em outros lugares, porém, surgiram conflitos. Isto porque a população nem sempre vê o grande número de filhos como um mal. Em áreas rurais, por exemplo, as crianças são consideradas mão de obra para a lavoura. Por outro lado, quando a mortalidade infantil é alta, os pais querem ter um grande número de filhos para substituir aqueles que falecem. Na Índia, ocorreu um caso triste e famoso. Um camponês que já tinha seis filhos foi convencido pelo médico encarregado do serviço de planejamento familiar local a fazer uma vasectomia, procedimento que há uns anos era praticamente irreversível. Depois disso, morreram todos os filhos, um a um. O camponês então vingou-se, matando o médico.

A verdade é que, em países democráticos, as pessoas em geral querem fazer o planejamento familiar. As melhores condições de vida e a diminuição da mortalidade das crianças são fortes estímulos neste sentido. O Brasil é um grande exemplo. Aqui, a natalidade vem caindo acentuada e constantemente. Ainda não chegamos à situação de países europeus, onde o crescimento demográfico se tornou negativo e os governos até estimulam as famílias a terem mais filhos, mas não é impossível que, ao menos em núcleos urbanos mais afluentes, isto venha a acontecer. É verdade que ainda temos alguns problemas preocupantes, entre eles a gravidez de adolescentes, o mais das vezes uma expressão da rebeldia juvenil. Mas, de modo geral, os casais tomam precauções para limitar o tamanho da prole.

Qual o papel do governo nesta conjuntura? Certamente não é o de obrigar as pessoas a fazer o que não querem, nem há clima no país para isso. Mas o poder público tem, sim, de motivar as pessoas a usar métodos anticoncepcionais e, muito importante, colocá-los à disposição da população nos postos de saúde. No passado, isso gerou um conflito de natureza religiosa, mas o certo é que se trata de uma medida de saúde pública: é mais fácil cuidar de dois filhos do que de dez.

Dois séculos depois de Malthus, constata-se que as previsões catastróficas do reverendo não chegaram a se realizar. É que a racionalidade, aliada à ciência, acabou prevalecendo. O nosso mundo não é tão absurdo quanto parece.

Em nome da vida

[07/01/2006]

Em novembro de 2005, o jovem palestino Ahmed al-Khatib, portando uma arma de brinquedo, foi avistado e ferido mortalmente por soldados israelenses que erroneamente o tomaram por um guerrilheiro. Normalmente este sombrio incidente teria desencadeado uma tempestade de ódio, à qual se seguiriam represálias de parte a parte. Mas desta vez foi diferente. O pai do jovem, que agonizava no hospital de Jenin, decidiu que os órgãos de Ahmed seriam doados para israelenses. Ahmed foi transferido para o Hospital Rambam. Cinco crianças, com idades variando entre sete meses e catorze anos, e uma mulher de 58 anos receberam os órgãos. Entre os transplantados estava a menina Samah Gadban, que esperava havia cinco anos por um transplante de coração.

O pai de Ahmed, Ismail, disse esperar que este gesto representasse uma contribuição para a paz, o que foi reconhecido e elogiado no parlamento israelense.

Doar órgãos é essencial. É um ato generoso e um ato de importância prática, sobretudo em um país como o Brasil, que ocupa o segundo lugar no ranking mundial de transplantes, mas é o 28º colocado em captação de órgãos. O número é cinco vezes menor que o da Espanha, maior captador do mundo. O tempo médio de espera por um transplante no Brasil é de três anos. Apenas 10% dos inscritos são transplantados a cada ano. Além da tremenda angústia que isso representa para o paciente e a família, a pessoa precisa ser mantida viva, por meio de diálise, por meio de tratamentos caros e problemáticos: morre mais gente na fila de transplante do que em consequência dele.

Nesta área, pode-se dizer que o governo tem trabalhado bastante. Mais de 90% das cirurgias são feitas pelo sus. A maioria dos planos privados de saúde não cobre este tipo de tratamento, cujo custo pode variar entre 5 mil e 60 mil reais. Mas muito mais precisa ser feito, em primeiro lugar pela sensibilização da população. Neste sentido, deve-se destacar a atuação de instituições como a Aliança Brasileira pela Doação de Órgãos e Tecidos (Adote), idealizada pelo gaúcho Francisco Neto Assis. Em segundo lugar, as utis devem notificar mais, e com maior rapidez, os casos de morte cerebral (estima-se que isso só está ocorrendo em metade dos casos).

Mesmo que Ismail al-Khatib não seja proposto para o prêmio Nobel da paz, o que seria um gesto de múltiplos significados, a mensagem que ele deu ao mundo deve ser bem lembrada. Doar é, de algum modo, vencer a morte, é permanecer vivo em outras pessoas. Doação é uma palavra-chave, na medicina e na vida. Podemos nos orgulhar da posição do Brasil neste terreno. Cada brasileiro salvo por um transplante engrandece o país e faz de nós pessoas melhores.

Sexo furtivo

[27/05/2006]

Logo depois de formado, trabalhei como médico numa instituição geriátrica, moderna e confortável. Os residentes ficavam alojados em quartos para duas pessoas, com boas camas e um grande armário. A privacidade não era, contudo, completa: por medida de segurança, as portas não eram fechadas por dentro, o que gerou um curioso incidente.

Entre os residentes havia um casal, desses casais que ficam décadas juntos e que, de tanto conviver, acabam ficando parecidos: ambos eram pequeninos, magrinhos. E inseparáveis, claro.

Um dia, não apareceram para o café da tarde. Uma atendente foi até o quarto e voltou alarmada: não estavam lá. Onde poderiam ter se metido? Começou uma busca ansiosa e infrutífera, até que alguém se deu conta e abriu o grande armário do quarto.

O casal estava lá dentro, claro. Era o jeito que haviam encontrado de obter privacidade — vocês sabem para quê.

O caso reflete o preconceito que envolve a prática do sexo na velhice, um assunto que é tabu para muita gente, inclusive e principalmente para os filhos dos idosos. Sexo entre idosos seria coisa imoral, inconveniente, grotesca, quando não impossível. É um equívoco. Sexo é coisa normal. Quanto aos problemas, podem existir em função da carência hormonal, da dificuldade de locomoção, de doenças várias. Mas não impedem uma vida sexual ativa, coisa que já se sabe desde o relatório Kinsey. O pesquisador constatou uma frequência de relações sexuais de cerca de uma vez por semana aos 65 anos e uma vez ao mês aos 75. Com gloriosas exceções: um dos entrevistados, septuagenário, tinha mais de sete ejaculações por semana.

Pessoas mentalmente retardadas também são objeto de preconceito. Além disto, e pelo fato de em geral serem mais jovens, sofrem o risco da violência sexual, coisa que é facilitada pelo medo ou pela dificuldade de compreender o que está acontecendo. Pelas mesmas razões, as vítimas tendem a calar a respeito da violência de que foram objeto. O risco é cerca de dez vezes maior do que com outras pessoas. Nos Estados Unidos, estima-se que pelo menos 20% das mulheres com retardo mental e 10% dos homens sofrem, anualmente, abuso, num total de 20 mil casos por ano. Mais de 90% das pessoas mentalmente retardadas sofrerão algum tipo de abuso em suas vidas. Podem ocorrer gravidez e doença sexualmente transmissível, incluindo aids, isto sem falar no trauma emocional.

O que fazer para evitar esta situação? Em primeiro lugar, não ocultá-la. Violência contra a pessoa que tem retardo mental deve ser informada aos responsáveis, às autoridades. Depois é preciso educar as pessoas retardadas, mostrando-lhes o risco que correm e as maneiras de evitá-lo.

Sexo é parte da vida, mesmo da vida em condições difíceis. É algo que devemos aceitar. Ao mesmo tempo, precisamos proteger aqueles que, por sua fragilidade, correm riscos. Está na hora de tirar este problema do armário onde ele frequentemente se oculta.

O alongamento como metáfora

[16/12/2006]

O que é que faz a pessoa depois que acorda de um sono profundo, reparador, aquele tipo de sono que repõe as energias? A pessoa se espreguiça. Espreguiçar-se é vencer o resíduo de preguiça que ainda sobra depois do repouso, é preparar-se para as lides do dia. E em que consiste o espreguiçar-se? Sobretudo em estender os braços para o alto, em espichar os músculos. A ideia do alongamento deve ter nascido daí, desse movimento espontâneo, fisiológico. Mas alongamento é mais do que isso: é uma técnica bem estudada e que segue certas rotinas. O papel do alongamento na prevenção de lesões dos músculos e tendões está bem comprovado: alivia a tensão muscular, tornando, portanto, os músculos mais flexíveis. Além disso, ativa a circulação e "tira" o ácido láctico das fibras musculares — e o excesso de ácido láctico é prejudicial para o funcionamento dos músculos.

Mas existe no alongamento um aspecto simbólico que também é importante. Qual é o contrário de alongar? É encolher, é curvar-se sobre si próprio. Encolher-se é uma atitude diante da vida, uma atitude que implica temor, submissão. "O cara se encolheu", dizemos a respeito de um empregado que foi repreendido pelo patrão. Encolhidos, recolhemo-nos à nossa própria insignificância. Encolhidos, nossos músculos tornam-se tensos, e a tensão reduz o suprimento sanguíneo muscular. Encolhidos, os nossos músculos perdem flexibilidade, outra coisa que é altamente simbólica. Flexibilidade significa adaptar-se a novas situações, mudar quando é preciso fazer mudanças. Flexível é, por exemplo, o gato — e "pulo do gato" é uma expressão altamente significativa.

Quando alongamos, tomamos consciência de nosso próprio corpo, travamos um mudo, mas eloquente, diálogo com nossos músculos. Que, muitas vezes, são o órgão de choque para os nossos problemas emocionais. Se estamos tensos, a tensão aparecerá nos músculos. Se somos rígidos, a mesma coisa. Nós somos os nossos músculos. Nem poderia ser diferente. Músculo significa vida ativa, e vida sem atividade se torna muito penosa.

Alongamento é, pois, uma medida saudável e é uma metáfora — a metáfora de uma vida mais plena, mais livre. Aquela vida boa com que nos defrontamos quando acordamos de um sono reparador e, felizes, nos espreguiçamos, nos alongamos. Coisa que o nosso corpo agradece.

O que acontece com as promessas do Ano-Novo?

[13/01/2007]

Promessas de Ano-Novo são coisa antiga. Os babilônios prometiam começar o ano devolvendo algo que tinha sido pedido por empréstimo (duvido que isso se aplicasse a livros, que ninguém devolve). Os romanos pediam perdão para algum inimigo, e assim por diante. Atualmente, as promessas mudaram de conteúdo: têm muito a ver com saúde. Deixar o cigarro, emagrecer, fazer exercício físico são algumas das costumeiras, e bem-intencionadas, resoluções. Mas o que acontece com elas? Uma pesquisa feita na Inglaterra com 2 mil pessoas não mostrou resultados muito encorajadores. Ao fim da primeira semana do ano, um terço das promessas já havia sido abandonado e 14% delas duraram apenas um dia.

Somos inconfiáveis, então? Não, somos apenas humanos. E, como humanos, deixamo-nos levar pelo entusiasmo: prometemos aquilo que será muito difícil cumprir. No fim do ano, somos como candidatos em campanha: vamos resolver todos os problemas.

Significa que não devemos prometer? Não, isso significa que devemos saber como prometer. É uma questão de bom senso, e bom senso, em saúde, é fundamental. É uma questão de estabelecer prioridades, de quantificar objetivos e de traçar estratégias adequadas. Primeira regra: limitar os objetivos. Três é um número bom, mas um único objetivo, desde que cumprido, já é o bastante. Em segundo lugar: traduza suas aspirações em números. Não diga: "Vou perder peso". Diga "Vou emagrecer quatro quilos em seis meses" (o número de quilos aí depende da avaliação nutricional). Não diga: "Vou fazer exercício". Diga: "Vou caminhar durante quarenta minutos três vezes por semana". E escreva. Os americanos recomendam que cópias desses objetivos sejam espalhadas na casa, na mesa de trabalho. Finalmente, peça ajuda: do médico, do professor de educação física, do psicólogo, de parentes, de amigos.

Um palpite pessoal: se é para começar com alguma medida, essa medida deve ser o exercício físico. Tudo fica mais fácil depois que a pessoa aderiu à atividade física sistemática: a dieta, a decisão de se livrar do cigarro. E cada vez há mais motivos para fazer exercício. No último dia do ano passado, foi divulgado, nos Estados Unidos, um estudo mostrando que mulheres na fase pós-menopausa diminuem a chance de câncer de mama pelo exercício. Não é um bom recado para 2007?

Afinal, é bom ou não é?

[17/03/2007]

A anedota é antiga e se refere a um *mohel*, o homem que, na religião judaica, está encarregado das circuncisões.

Dois homens estão lado a lado no mictório do Aeroporto de Nova York. Um deles diz: "Acho que o senhor é de Chicago e que sua circuncisão foi feita lá, pelo *mohel* Goldman". O segundo se admira: "Isso mesmo. Como é que o senhor sabe?". "É que", replica o primeiro, "o *mohel* Goldman ficou famoso por deixar o pênis meio torto. E o amigo está urinando no meu pé."

Circuncisão é coisa antiga e mostra como os costumes muitas vezes têm evolução caprichosa, subindo ou descendo na avaliação das pessoas, às vezes mais que as cotações da bolsa chinesa. Conta a Bíblia que Deus disse a Abraão: "Circuncidareis a carne do prepúcio: esse será o sinal da aliança entre mim e vós". Pensando bem, uma carteira de identidade teria sido mais prática, mesmo porque a circuncisão tinha um potencial de complicações. Quando o império romano dominou a região, estabeleceu um imposto especial para judeus, o *fiscus iudaicus*. Adivinhem como se identificavam os potenciais pagadores.

Mesmo entre os judeus, e mesmo depois do *fiscus iudaicus*, não faltou quem fizesse restrições à circuncisão. Para Freud, o procedimento funcionaria como um substituto simbólico da castração, esta, a punição aplicada pelo chefe da horda primitiva aos filhos rebeldes. Mais recentemente, a circuncisão aparentemente recebeu suporte científico. Verificou-se que as doenças sexualmente transmissíveis e o câncer de colo de útero eram menos frequentes entre os judeus. Em muitos hospitais norte-americanos, a circuncisão se tornou prática rotineira.

Mas de novo veio a contestação. As evidências favoráveis à circuncisão resultariam daquilo que em epidemiologia é conhecido como viés (*"bias"*), uma causa de erro sistemático. Na verdade, essas enfermidades ocorreriam menos porque, como grupo, os judeus seriam menos promíscuos. Além disso, cresciam as objeções de ordem psicológica, baseadas ou não em Freud. Em 1999, a Academia Americana de Pediatria declarou que não endossava a circuncisão rotineira.

E aí de novo a reviravolta. O Instituto Nacional de Saúde dos Estados Unidos analisou estudos realizados na África e concluiu que a circuncisão de homens adultos pode reduzir em cerca de 50% o risco de contrair o vírus HIV, causador da aids. Isso ocorreria porque as células do prepúcio são especialmente vulneráveis à invasão do vírus. Agora, a Organização Mundial da Saúde e o Programa da ONU para o Combate à Aids estudarão meios de utilizar a circuncisão na luta contra a propagação do HIV. Quem deve estar contente é o *mohel* Goldman.

Pílula do dia seguinte

[14/07/2007]

Pílula do dia seguinte é a popular denominação de um medicamento chamado levonorgestrel, um hormônio que dificulta a fecundação do óvulo pelo espermatozoide ou que impede a fixação do óvulo fecundado no útero. É um assunto que está na ordem do dia, agora que o Ministério da Saúde vai ampliar o acesso da população a esse método anticoncepcional. A atividade, aliás, faz parte do programa de planejamento familiar, recentemente anunciado pelo ministro José Gomes Temporão e que repercutiu amplamente.

Nesse programa, o componente educativo terá um papel decisivo. Comprova-o um texto que por acaso encontrei num blog da internet.

Trata-se de um rapaz que se propõe a ajudar a amiga numa situação aflitiva, uma situação que se inicia quando ela anuncia, preocupadíssima: "A camisinha estourou, e tô no período fértil". O que fazer? A moça não hesita: pede a ele que compre a pílula do dia seguinte. Continua o narrador: "Como bom amigo, aceitei a incrível missão de adentrar uma farmácia para comprar a tal pílula". A primeira pergunta que se poderia fazer aí é: por que se trata de uma "incrível missão"? Resposta: porque o jovem, obviamente, não está familiarizado com as medidas anticoncepcionais, que deveriam ser coisas normais na vida dele. Familiarizado ou não, vai em frente: "Lá fui eu, cabeça baixa. Subi as escadas, passei pelas intermináveis prateleiras de remédios, coisas com nomes incrivelmente 'indizíveis'". Envergonhado, ele formula ao balconista o pedido. Recebe a informação de que há vários produtos, com preços variando entre dez e quarenta reais. A correlação que o jovem faz é com a "potência" do parceiro sexual: se este tem muitos espermatozoides, então o de quarenta deve ser melhor. Provavelmente por falta de grana, acaba optando pelo de dez. Desconfiado: "Tem certeza que esse troço funciona? Não é farinha?" (uma óbvia alusão a produtos falsificados que, num passado ainda recente, deram manchetes de jornais). O balconista garante que o remédio funciona, e ele acaba aceitando: se a amiga engravidar, exigirá indenização.

A moça toma o remédio, mas isso não a tranquiliza. Ao contrário, à medida que os dias passam, ela ("neurótica", segundo o narrador) sente-se enjoada, inchada. Ele sugere um teste: "Mija numa panela e ferve. Se subir que nem leite, tá grávida, se não, tá tranquilo. Só abre a janela, por causa do cheiro". Mais sensata, ela opta por fazer o teste da gravidez. Que, para alívio de ambos, dá negativo.

As pesquisas feitas em nosso país mostram-no repetidamente: os jovens ainda conhecem muito pouco acerca da vida sexual e de seus riscos. Fornecer os meios anticoncepcionais ajudará muito a evitar a gravidez não desejada, um sério problema de saúde no Brasil. Mas, paralelamente, as pessoas precisam receber informação. A internet já está ao alcance de muita gente, os blogs comprovam-no — mas onde está o conhecimento?

Alzheimer e estilo de vida

[04/08/2007]

Em 1901, o médico alemão Alois Alzheimer começou a tratar, no asilo da cidade de Frankfurt, uma senhora de 51 anos chamada Auguste, que apresentava estranhos distúrbios do comportamento e perda da memória. O dr. Alzheimer se interessou pelo caso e acompanhou a paciente por cinco anos. Quando ela faleceu, o médico procedeu à autópsia e encontrou nas células cerebrais da paciente lesões que nunca tinham sido descritas antes, inclusive as agora famosas placas amiloides. A partir daí o nome de Alzheimer se associou a uma doença que preocupa muito e que hoje se configura como verdadeiro problema de saúde pública.

Pergunta: por que ninguém havia descrito essa doença antes? Em parte, porque Alzheimer utilizou técnicas relativamente novas. Mas também é possível que a enfermidade não fosse tão frequente. As pessoas raramente chegavam a idades avançadas. E também o modo de vida era outro. É sobre esse modo de vida que vale a pena falar. O que evita o Alzheimer? Por causa da frequência com que a doença ocorre, e por causa das penosas limitações que representa, numerosas pesquisas têm sido feitas nesse sentido. Medicamentos e também vacinas estão em estudo. Mas, e isso é importante, a maneira como se vive influencia no surgimento e na marcha do Alzheimer. Comprovam-no as medidas que protegem contra a doença:

1. O ácido graxo, conhecido como ômega 3, que está presente nos peixes e que também evita o processo de arteriosclerose.

2. O consumo moderado de vinho tinto, tipo Cabernet Sauvignon.

3. Frutas e sucos de frutas, que sabidamente incluem substâncias antioxidantes, capazes de deter o processo de desgaste, de "ferrugem", do organismo.

4. Restrição calórica, uma medida que, já se verificou em animais de laboratório, também aumenta a expectativa de vida.

5. Atividade mental e intelectual dos mais diversos tipos: leitura, jogos, palavras cruzadas, aprendizado de idioma. Verificou-se que as pessoas que falam duas ou mais línguas têm um grau de proteção contra Alzheimer.

6. O exercício físico, que pode diminuir em até três vezes o risco de Alzheimer.

7. As conexões sociais, por meio do contato com outras pessoas e pela participação em atividades de tipo comunitário.

Notem: essas recomendações foram confirmadas por estudos científicos, às vezes em milhares de pessoas observadas por muitos anos. E todas elas convergem para um ponto: um estilo de vida saudável, sensato, protege nosso cérebro, como protege nosso organismo em geral. As placas amiloides nada mais são do que a marca registrada de uma forma de viver inadequada. Devemos ser gratos ao dr. Alzheimer e à sua paciente de Frankfurt por terem aberto o caminho para que cheguemos a uma verdade, ao fim e ao cabo, absolutamente lógica.

Maratona e resiliência

[24/05/2008]

Estive algumas vezes em Nova York no período em que lá se realizava a famosa e tradicional maratona. Numa dessas vezes, vi, afixado num gigantesco painel, a classificação dos corredores. Eram milhares, mas todos os nomes estavam ali, e também o lugar em que tinham chegado: o primeiro colocado, o segundo, o terceiro — e o último. Sim, havia um último lugar. E isso me impressionou. O que faz um corredor que está em último lugar numa prova, que já não tem mais ninguém atrás de si, esforçar-se para alcançar a linha de chegada? Que energia move o maratonista?

Há um termo que atualmente se aplica muito a essa e a outras situações: "resiliência". Em física, resiliência é a propriedade que tem um material de, quando deformado elasticamente, absorver energia, que é liberada quando esse material volta à forma anterior. Do ponto de vista psicológico, resiliência é a capacidade que tem a pessoa de suportar o estresse e superá-lo.

Portanto, resiliência não é apenas resistência, esta sendo considerada uma coisa passiva: aguentar o tranco estoicamente é resistência. Resiliência é isso e mais a capacidade de se reestruturar e de crescer emocionalmente como resposta ao desafio e à crise, com aumento inclusive da autoestima. E autoestima é coisa importante na maratona, que é uma competição muito peculiar. Claro, existem aqueles que podem ser considerados adversários, os outros corredores. Mas os corredores de longos percursos com frequência correm sozinhos, e o fazem de forma intensamente concentrada, como a gente pode constatar observando a fisionomia deles. Quem é o adversário do corredor solitário? É aquela outra pessoa que ele tem dentro de si, e que repete constantemente, numa vozinha debochada, irritante: você não conseguirá. É o estresse, ao qual o maratonista responde com a resiliência. Diz o maratonista inglês Gareth Hopkins que a corrida é uma oportunidade para crescer como pessoa.

É um exagero comparar a vida a uma maratona? Não, não é. Na verdade, é até uma metáfora constantemente usada. Viver é correr (mesmo quando ficamos presos no trânsito). Viver é se estressar. Mas, assim como precisamos de resiliência para a maratona, precisamos de resiliência na vida. Que o estresse nos atinja, que nos impregne com uma energia negativa, tóxica, é normal. Mas precisamos aprender a voltar à nossa forma, eliminando de nós os eflúvios negativos. Precisamos prosseguir rumo à nossa meta. Se somos dos primeiros ou dos últimos, não importa. O que importa é chegar lá.

Lidando com a agressão
entre jovens

[13/11/2008]

Como traduzir *"bullying"*? O termo em português seria "agredir", "molestar", "hostilizar", mas a verdade é que o anglicismo já está mais ou menos incorporado ao nosso vocabulário, porque é um fenômeno universal e inquietante. *Bullying* ocorre quando uma pessoa ou um grupo tenta repetidamente agredir alguém que é mais fraco. Pode ser agressão física, pode ser ofensa verbal, pode ser deboche ou disseminação de boatos; o fato é que se trata de algo frequente especialmente entre jovens. Por causa disto, durante muito tempo o *bullying* foi considerado uma ocorrência normal na infância e na adolescência.

Não mais. As pesquisas repetidamente mostram os efeitos negativos dessa desagradável e perigosa prática, não só no agredido como também no agressor. Trata-se de algo muito mais frequente do que se pode imaginar. Um levantamento feito entre alunos em escolas do Arizona (Estados Unidos) mostrou que 60% deles tinham participado, como agressores, de algum tipo de *bullying*, e que 90% tinham sido vítimas dessa conduta, mostrando que o agressor pode facilmente se transformar em agredido e vice-versa — em alguns casos, até por vingança. E o problema tem crescido em função da internet.

Um aspecto particularmente preocupante do problema apareceu em outro estudo. Imagens cerebrais de jovens que hostilizavam outros mostravam uma ativação dos centros do prazer, particularmente a amígdala cerebral, o que sem dúvida agradaria muito ao famoso marquês de Sade, o inventor do sadismo. Por outro lado, as áreas cerebrais envolvidas no raciocínio crítico e no julgamento moral — o córtex pré-frontal, principalmente — mostravam-se muito pouco ativas no *bullying*.

Mas não é só uma coisa biológica. Existem fatores psicológicos — a necessidade de se impor — e fatores culturais, familiares: muitos destes agressores vêm de famílias disfuncionais, onde a gritaria e a agressão são a regra.

Tudo isto leva a uma conclusão: não dá mais para considerar o *bullying* uma coisa normal. É preciso enfrentar o problema, envolvendo nisso a família, a escola, a comunidade. Detalhe importante: não se trata apenas de reprimir ou castigar os agressores. Estes precisam ser ajudados também, não raro com terapia.

Para os jovens que são agredidos existem recomendações: ignorar as ameaças, se possível, mas, se elas persistirem, não se deixar intimidar: é preciso fazer os agressores tomarem consciência de sua conduta. Contar para os adultos é muito importante, como o é formar grupos de amigos: sozinho, o agredido é mais vulnerável.

A agressão é antiga como a humanidade. Isto não quer dizer que deva ser tolerada. Afinal, o ser humano pode ou não melhorar?

Estimulando a doação

[07/11/2009]

Há alguns dias o Ministério da Saúde anunciou uma nova regulamentação para o Sistema Nacional de Transplantes. Crianças e adolescentes menores de dezoito anos passarão a ter prioridade para receber órgãos de doadores da mesma faixa etária e poderão entrar na fila de transplante de rim antes de entrar na fase terminal da doença. Como é fácil imaginar, a medida provocou polêmica. De fato, é uma situação penosa, e lembra um pouco o livro *A escolha de Sofia*, de William Styron: uma mulher é levada para um campo de concentração nazista com os dois filhos, que serão mortos. Um oficial diz a ela que pode salvar um deles, mas só um. Como escolher? Este é um drama que a saúde pública enfrenta desde há muito tempo, em termos de tratamentos caros ou complexos.

No caso da doação de órgãos, contudo, pode haver soluções alternativas, como mostrou um recente trabalho apresentado à Sociedade Americana de Nefrologia, que reúne especialistas em doenças renais. Um grupo de médicos holandeses de Rotterdam, chefiado pelos doutores Ton van Kooy e Marinus van den Dorpel, desenvolveu o seguinte programa: eles convidavam parentes e amigos de pessoas com doença renal para uma reunião, em geral na casa da pessoa com o problema, para discutir a questão. Era então explicado o que é doença renal e a importância do transplante. Dez grupos foram assim reunidos. De todos — absolutamente todos — surgiram pessoas que queriam se tornar doadoras.

O que aconteceu aí? Não é difícil adivinhar. De repente, as pessoas estavam tomando conhecimento de um problema sério, real, afetando alguém a quem conheciam e a quem estavam, muitas vezes, emocionalmente ligadas. Aliás, o fato de a reunião ter sido realizada na casa da pessoa deve ter favorecido essa mudança. O "isso não é comigo" deu lugar não só a um interesse maior como também a uma disposição de fazer alguma coisa. Ou seja, podemos fazer regredir a aflitiva necessidade de selecionar quem vai ser beneficiado pelo programa de transplantes, mediante um fortalecimento de laços emocionais. Todos sabem que o transplante é importante. Mas quando esta necessidade se expressa na conversa com uma pessoa que precisa desesperadamente do órgão a coisa muda. A solidariedade é mobilizada. Ela é, por assim dizer, transplantada. E todo mundo ganha com isso.

Remédio não é mágica

[19/12/2009]

Recém-formado, fui aprovado em um concurso para médico de um posto de saúde na Grande Porto Alegre. Ao receber-me, o chefe deu-me uma única orientação: "Ninguém pode sair daqui sem uma receita".

Sabia do que estava falando: brasileiro gosta de remédio, um fato aliás comprovado pela quantidade de farmácias que encontramos em nossas cidades. Agora, um estudo do Instituto Brasileiro de Geografia e Estatística (IBGE) quantifica este fenômeno: dos gastos das famílias com saúde, cerca de um terço é destinado a remédios. Foram quase 45 bilhões de reais em 2007, cerca de 2% do Produto Interno Bruto (PIB). Cerca de um terço desses remédios é resultado de automedicação. E, podemos assegurar, a maioria deles é completamente dispensável; seu uso resulta da concepção mágica segundo a qual tudo pode ser curado pela medicação.

Os exemplos são vários. Tomem o caso dos suplementos

vitamínicos. Excetuando-se os casos em que a pessoa sofre de alguma deficiência peculiar, por doença ou por outra razão, uma dieta equilibrada fornece todas as vitaminas de que necessitamos. Outro exemplo são os chamados hepatoprotetores, remédios que supostamente protegem o fígado (inclusive do álcool, infelizmente muito usado entre nós). O dr. Luís Caetano da Silva, professor de Hepatologia da USP, é categórico: "Não há medicamento capaz de 'proteger' o fígado", garante. À lista de medicamentos "mágicos", poderiam ser acrescentados os remédios que "devolvem" a memória, aqueles que dão "energia", aqueles que aumentam a potência sexual.

Os modernos medicamentos representaram uma verdadeira revolução na medicina. Os antibióticos, por exemplo, salvam todos os dias vidas sem conta. Os medicamentos para doenças mentais ajudaram a esvaziar os antes superlotados hospícios. E muitas formas de câncer podem ser curadas ou controladas com medicação. Mas em todos esses casos houve uma pesquisa séria e fundamentada, condição básica para o uso de remédios.

A pesquisa do IBGE traz outro dado eloquente. A despesa de particulares com remédios é dez vezes maior (vamos repetir: dez vezes maior) que a do governo, responsável pela saúde de toda a população. Alguém dirá: isto acontece porque o poder público não gasta o suficiente na área. Verdade. Mas ocorre principalmente porque a saúde pública só usa medicamentos de eficácia comprovada, e os usa para combater problemas muito reais: tuberculose, aids, diabetes, hipertensão.

De maneira geral, podemos dizer que a melhor medicação é um saudável estilo de vida: dieta adequada, exercício físico, rejeição do fumo, do excesso de álcool, das drogas. Estas é que são as verdadeiras pílulas mágicas.

Dá para proibir as bebidas energéticas?

[17/04/2010]

A popularidade das chamadas bebidas energéticas vem crescendo de forma exponencial. Já são cerca de duzentas marcas, disponíveis em mais de 140 países; enquetes mostram que um terço dos jovens, que constituem o grande mercado para esse tipo de produto, as consome regularmente. Mas o que são as bebidas energéticas? Basicamente trata-se de refrigerantes muito ricos em duas substâncias. A primeira, claro, é o açúcar, numa quantidade equivalente a nove colheres das de chá por lata. Ou seja: obesidade e diabetes em potencial. Mas a segunda substância é que está gerando polêmica. Trata-se da cafeína.

A cafeína e o café que a contém sempre foram vistos com ambivalência. É a bebida da modernidade, a bebida que ativa as pessoas, que as deixa alertas, prontas para a ação. Os cafés da Europa eram pontos de reunião (masculinos), lugares onde se discutiam política, negócios, literatura. Mas o café foi associado a distúrbios digestivos, a problemas cardiovasculares e até, mas isso era rebate falso, a câncer de pâncreas. A cafeína propriamente dita estimula o sistema nervoso, porém em excesso causa ansiedade, agitação, insônia, problemas gastrointestinais, arritmias. E a possibilidade de dependência é aventada em vários estudos, o que não seria de estranhar: muitos adultos são "viciados" em café.

Por causa disto, alguns países restringiram ou mesmo proibiram a venda de bebidas energéticas. Mas, observa um recente editorial do *British Medical Journal*, essa proibição pode gerar problemas. Para começar, muita gente perguntaria: por que, então, não proibir o próprio café e o chá, que contêm cafeína? E será que a proibição não tornaria a bebida ainda mais atraente?

A estratégia claramente deve ser outra. Para começar, as cantinas escolares não deveriam vender os energéticos, nem qualquer outro refrigerante. Por outro lado, os jovens devem ser alertados para o que, afinal, estão bebendo. Este alerta deveria figurar na própria lata do energético. Mas daí a tornar a bebida um produto ilícito vai uma distância grande. E, em matéria de saúde, existem muitos outros problemas mais importantes.

Um problema que deve ser enfrentado

[25/09/2010]

Amanhã, pelo quarto ano consecutivo, dezenas de países da Europa, da Ásia e da América Latina participarão do Dia Mundial da Prevenção da Gravidez na Adolescência. Atividades serão desenvolvidas para que as pessoas tomem consciência daquilo que se configura cada vez mais como um grave problema pessoal e de saúde pública.

Quando falamos de gravidez na adolescência, estamos nos referindo ao período da vida entre dez e dezenove anos. Uma faixa etária que, com a expressiva diminuição da mortalidade infantil, tem crescido; no Brasil, corresponde a 20,8% da população geral. É muita gente. E é um problema muito sério, que está aumentando, inclusive em países desenvolvidos como os Estados Unidos. A América Latina registra anualmente 54 mil nascimentos com mães menores de quinze anos e 2 milhões com idade entre quinze e dezenove anos. No Brasil, calcula-se que a incidência da gravidez nesta faixa etária esteja entre 14% e 22%.

A gravidez na adolescência envolve riscos: maior incidência de anemia materna, pressão alta, parto complicado, infecção urinária, prematuridade do bebê, infecções pós-parto, dificuldade para amamentar. Além disso, a gravidez tumultua a vida da adolescente: apenas metade delas completa o Ensino Médio, enquanto, entre as adolescentes que não engravidam, a cifra é de 95%. No Brasil, apenas 30% de adolescentes que tinham engravidado voltaram e concluíram os estudos.

A prevenção deve levar em consideração os fatores predisponentes da gravidez na adolescência: baixa autoestima, dificuldade escolar, abuso de álcool e drogas, comunicação familiar escassa, pai ausente ou hostil, pais separados, amigas que engravidaram na adolescência. Os pais das adolescentes que não engravidam têm melhor nível de educação, o que mostra a importância desse fator. Outro dado importante: 60% das adolescentes consideram que falar com o parceiro sobre contracepção seja um tema "difícil". Na América Latina, 56% dos jovens admitem terem tido relações com um novo parceiro sem o uso de anticonceptivos.

Conclusão: estamos diante de um problema que é claramente social e psicológico e que não será resolvido com castigos ou ameaças, mas sim com a aplicação da antiga frase: conversando a gente se entende. Os jovens e os pais têm de falar sobre gravidez na adolescência. E este domingo é um bom dia para começar.

ESTA OBRA FOI COMPOSTA EM ELECTRA PELO ESTÚDIO O.L.M. / FLAVIO PERALTA
E IMPRESSA EM OFSETE PELA PROL EDITORA GRÁFICA SOBRE PAPEL PÓLEN SOFT
DA SUZANO PAPEL E CELULOSE PARA A EDITORA SCHWARCZ EM MARÇO DE 2013